流不斷的綠水悠悠

大邱文集

2013夏作者全家攝於芝加哥河遊船（左一為其女婿）

〈甘於平淡，樂當路邊鼓掌的人〉作者女兒的婚禮

作者的外孫女

作者父母與作者子女合影（右下角女孩為作者姪女）

〈參加自己的新書發表會〉後排左三為作者

〈Domino's Farms披薩大王打造理想家園〉披薩總部

〈流不斷的綠水悠悠〉底特律通用文藝復興中心

〈流不斷的綠水悠悠〉加拿大溫莎市河濱公園

〈多采多姿鬱金香節〉Veldheer鬱金香花園

〈煙雨俄州雲倒影〉70年代的垃圾場如今的再生棲息地

〈永遠的風情畫〉矗立芝加哥市區的瑪麗蓮夢露雕像

〈芝城千禧公園走透透〉雲門

〈愛米希人的足跡〉「雙九補丁」拼布花園

〈尋巫訪岩威州行〉威州立岩狼狗跳岩

〈初探優勝美地〉中間為半璧岩

〈初遊太浩湖〉太浩湖中唯一的小島Fannette Island

推薦序一
穿越時光的清流

名記者、作家
徐喚民（雨僧）

第一篇在聯合網讀到大邱的文章是〈雨濕陽台〉。隨著她的思緒，眼前浮現了聚了又散、散了又聚的雨花和幾代人在這一方陽台上歡聚與離散的場景。

接著，她在北美《世界日報》發表〈如鹿切慕溪水〉……然後她就出版第一本書《第六驛站浮想連篇》，描述她振筆寫作的緣起。

這兩、三年來，大邱寫作速度之快、頻率之勤，在寫作天地中所爆發的能量，正如在她筆下的藍色水手花，文章一直都在心中，卻因為：年輕時忙著趕路，空巢又逢失業，多出大把流光，不再為趕路而趕路，終於有了閒情……。其實，她一直在寫一本叫做「生命」的書，只是如今落筆成文罷了。

縱觀全書，像一泓清流穿越時光的崎嶇與轉折終於抵達碧波萬頃的美境，在淬練中她的心境也隨之平和清明，如今她有著「看山是山，看水是水」的澄明，參透了花兒明年還會再鬧枝頭，因而能夠豁達地面對今年錯失花期的惆悵。

這本書採合輯的方式收入散見各報的散文、小說、遊記……大邱謙稱是「一圓在台出書的兒時舊夢」，我卻認為，合輯不但在文壇常見，而且說明作者不自限文體、不斷向內探索、努力發掘潛力的過程。

在遊記方面，她覺得圖片減少了可能會影響讀者的興味，可是我覺得圖片對遊記固然有幫助，文字的力量也不容忽視！尤其大邱所寫的風景，篇篇皆編織以深情，特別具有感染的力道，這也是文學作品能夠流傳久遠的神髓。

看到這書名《流不斷的綠水悠悠》，我喜歡！

貫穿全書，寫親情、寫底特律河流兩岸的榮枯、以致大樹小草……但見豐沛的河水悠悠流淌，遠超出曹雪芹當初抒寫愛情的意涵。

大邱自幼喜愛文學，從事寫作曾經是她的第一志願，雖然大學時代為了就業改攻統計，在美國上班又轉業電腦，直到離開職場才改「斜」歸正。適巧中文報業逐步電腦化，近年改收電子稿件，寫作者不但可以在電腦上作中文輸入，彈指之間即可投稿，對大邱的寫作如虎添翼。尤其大邱心勤手快，文思敏捷，距第一本書面世不過兩年，就有如此豐碩的成績，真是為她高興。

大邱文字運用的功力，從這些回顧文章中：〈流不斷的綠水悠悠〉、〈起死回生，克萊斯勒辦家宴〉、〈「大餅饅頭」喚不回〉、〈一曲滄桑「何日君再來」〉。我讀到了大邱對環境感應力的細膩與對週遭變遷的透視力。雖身在巨浪中載浮載沉卻從未迷失方向！

以下這幾篇文章特別顯示出大邱的內心轉折：〈八哩路上〉、〈酒紅長大衣〉、〈如水沖去〉、〈超市裡的哭聲〉。她寫沒有給洗腎的父親買一份「阿比」牛肉餅和沒有把酒紅長大衣轉送給母親的遺憾，道出今之子女孝順父母，除了「色難」之外，對於父母的病情還要做更深入的瞭解。步入老年的親長，隨之而來的糖尿病、腎臟衰竭、老年失憶、甚至長期臥床、輪椅代步等情況，不單需要經常出入醫院、按時服藥而已，還要關懷病人的心理變化以及對藥物的敏感反應等等。孔夫子早就警告天下兒女，今之謂孝，絕非「能養」而已！

描寫在超市裡聽到如影隨形的哭聲，沒有看到孩子之前和看到孩子之後的轉折，說出了社會中另一群人的病情與照料者的艱苦，喚醒社會的同情與關懷。

衷心為大邱祝福：不論是語出幽默或是溫潤如春風，在這些篇文章裡，大邱刻劃的婚姻、子女、孫輩的情態，綿密而深情：〈褪色的蝴蝶蘭〉、〈錯把牛排當麻吉〉、〈甘於平淡，樂當路邊鼓掌的人〉、〈節日過後〉、〈外孫女的第一個聖誕節〉、〈小天使報到〉。她的心情也由對上一代的孝思轉換到對兒孫的關愛。

再者，大邱的遊記，已經從她久居的北美大湖區與中西部大草原隨著兒子和二姐的腳步擴展到加州。

歡迎大邱的車輪再往北方多轉幾圈，到西雅圖和溫哥華來喝杯原汁星巴克、啖幾尾鮭魚大螃蟹，邀幾位文友海邊閑坐目送夕陽晚霞。

太多人引用過這句話：When God closes a door, He opens a window. 當上帝關了一扇門會為你打開一扇窗。

我在想，上帝給大邱開的這扇窗，不但垂著錦繡窗帘，還鑲著彩色玻璃！

二〇一三冬日於西雅圖旅次

推薦序二
書寫我城——底特律的故事

名作家、北美華文作家協會副會長
姚嘉為

與大邱是文字之交，在《聯合報》部落格中結緣。她的文字流暢清麗，搭配生動的照片，寫生活、親情、城市、花草、動物，皆涉筆成趣，文采斐然，讀來熟悉親切，那些觸景生情，聯想人生的小品，更引起我深深的共鳴。

這是大邱的第二本書，收錄近年來勤奮筆耕的成果，分為七輯：懷舊憶往、親子親情、浮生偶感、花樹閒情、生活隨筆、美加遊蹤和短篇小說，略見其人性情志趣。多篇文章以前讀過，看了全書後，得到一個整體印象，這是一本書寫我城——底特律的作品集。

提起北美華文文學，我們往往聯想到紐約、舊金山、洛杉磯、溫哥華等大城，以及華人移民的故事。這種刻板印象其來有自，移民集中於大城市，異鄉生存的悲歡是作家書寫不盡的素材。然而北美的大地何其遼闊，文化如此多元，還有多少城鎮值得深入書寫。優秀的文學能賦予城市以鮮活的生命，如簡宛筆下的北卡，喻麗清筆下的水牛城和柏克萊，但這類書寫北美城市人文風情與生命記憶的作品似乎不多見。

這本書絕非企劃性的城市寫作，不全是寫底特律，文體也有小說與遊記，但基調是以抒情散文的筆觸，抒發作者生命底層的感受，自然地呈現了在底特律居住三十餘年的生活記憶。一家三代的生活步履、職場浮沉、城市變遷、自然風情，拼貼出這座位於美加邊境的汽車城獨特的人文景觀，也折射了華人在北美逐步落地生根的身影。

城市居民與觀光客最大的不同是，前者的生活經驗，人生變遷，都與這座城市密不可分。城市的地標資料從網路上很容易取得，但當地一座橋樑，一條街道，一家小店的變遷，只有當地居民才能道出，賦予城市以鮮活的生命。

在〈流不斷的綠水悠悠〉中，作者以對比的手法，見證了底特律與對岸加拿大溫莎市兩座城市的起伏消長。作者一家常過橋去對岸的溫莎市消閒購物，其背後的因素是三次能源危機造成加拿大的經濟蕭條。金融海嘯爆發後，底特律失業率居全美之冠，美加匯率打成平手，變成加拿大人過橋來底特律購物消閒，予人「十年河東，十年河西」之嘆！又如九一一恐怖攻擊後，以前門禁鬆散的海關，架設起錄影機，外加重重路障，風聲鶴唳，由此略窺九一一如何改變了泱泱大國風的美國。後因美加兩國政府伸出援手，底特律恢復生機，〈起死回生，克萊斯勒辦家宴〉寫克萊斯勒汽車公司慶祝起死回生，更見證了在汽車工業界任職的作者夫婦，在失業陰影籠罩下，身歷其境的煎熬與錐心感受。

作者也以對比手法寫出了家族三十年來的今昔變化。〈八哩路上〉寫無意終老異鄉，卻因病留在美國的父親，與病魔堅忍搏鬥後，埋骨他鄉。〈酒紅長大衣〉寫失智的母親，錯怪女兒偷換她的長大衣，後來變得木然和漠然。北美老輩移民在他鄉的晚景，盡在眼前，讀之泫然，孰令致之？時代使然。

時光流逝，中生代成了老一代，家族聚餐由「母親掌廚的純中餐，演變為兒女操盤的中西合璧」，聖誕禮物從當年兒子著迷的機器人，女兒的布偶洋娃娃，變成今日人手一機的iPhone與iPad，連牙牙學語的孫輩，手中也是玩具照相機，玩具手提電腦。世代交替，也是生命的必然。

最能展現大邱文采的是大自然和動物花樹的篇章。無論是「如千萬隻振翅欲飛的蝴蝶棲滿枝頭」的紫荊，還是春天「一夜之間盛開如雪」，深秋「集紅橙黃綠紫於一身，和彩霞爭豔，與秋風共舞」的梨樹，都是工筆勾勒，不是大量枯燥的資料，空洞辭藻的堆砌，讀來渾然天成，賞心悅目。遊記也有同樣的功力，美國城市景觀大同小異，要寫出各自的風情而不重覆，對作者的文采、觀察力、想像力都是考驗，大邱寫來游刃有餘。

我最愛她的小品，自然景觀與個人生活交融，彼此觀照，豐富了文章的層次與意境。〈如鹿切慕溪水〉寫林間出沒的鹿群，由遠而近，細描顧盼的神態，皮毛的色澤，聯想柳暗花明的人生，印證了「有鹿（路）哇」的祥瑞之兆，字裡行間充滿了虔敬沖淡的宗教情懷。雨中的陽台，睹物思親，父親生前的搖椅，女兒看小說的涼椅，曾在此烤肉歡聚的凋零親友，思之悵然。在雨絲的圈圈漣漪中，看到父母、兒女、外孫女重疊的笑臉，作者恍悟「思念和生機原是如此地生生不息」。

大邱的寫作才華，童年時已受師長肯定，因現實考量，她選擇唸商，赴美獲數理統計碩士後，從事電腦工作。多年後，毅然辭職開店，其後又重回職場，金融海嘯後遭裁員，這才開始拾筆寫作，文章不斷見報，找到志趣所在。從發表的頻繁看來，她有枝健筆，累積半生的感思，源源不絕而來。我預見她會不斷地出書，在此寫下我的感動與祝福。

二〇一三年十一月九日於德州休士頓

推薦序三
萬里尋芳蹤

名作家、北德州文友社社長
陳玉琳

愛讀大邱的文章是始於《世界日報》的部落格，當我於二〇一〇年加入海外華文女作家協會，並在《世界日報》海外華文女作家協會部落格專欄中開闢自己的一片寫作園地後，我幾乎每天都上網觀摩學習，在眾多圖文並茂的佳作中，我發現一道令我愛慕不已的風景線——大邱的「第六驛站浮想連篇」，這個部落格中的文章內容包羅萬象，篇篇精采，所附圖片與文章內容相得益彰，令我印象深刻。

二〇一一年十月下旬，我讀到那篇〈秋色連波〉後；更是激動不已，一向喜愛秋景的我，在反覆拜讀細細品味後，決定將這篇佳作與色彩繽紛的秋色收入我的最愛，以便時時欣賞學習。數週後又在大邱的部落格中拜讀到〈密西根廊橋訪古〉一文，細膩的景色描繪，娓娓的懷舊情愫，搭配著水天相連倒映秋色的清晰圖片，使我彷彿置身於秋色無邊的圖畫中，頓時覺得大邱如同秋之使者一般，將我最愛的秋景帶入我平淡的生活中，此後我更加關注大秋的部落格。

二〇一二年元月，我當選北德州文友社社長後，每週需完成一項重要工作——編輯本社專欄，因本社在達拉斯華文報紙開闢專欄，每週五出刊，除刊登本社會員的文章外，並常刊登社外作家之佳作，身為會長；我需隨時留意收集好文章，並與作者聯絡；徵詢是否同意由本社專欄轉載佳作？大邱的芳蹤正是我尋找的對象之一。原以為能寫出如此上乘佳作者，必為北美華文作家協會的會員，九月底我去紐約參加作協會議，向多位與會會長打聽，都沒找到大邱的聯絡訊息。十一月我前往武漢參加海外華文女作家協會十二屆年會，也四處打聽，希望能遇到這位我心儀已久的作家，但仍毫無音訊。

直到今春，我在北美作協網站見到大邱的文章後，立刻與網站負責人，也是北美作協副會長嘉為連絡，說明我想與大邱聯絡的原委後，感謝嘉為將大邱的email給我，我終於尋到大邱的芳蹤了。

也許因為同是寫作愛好者的原故，我與大邱在互通email後相談甚歡，她欣然應允本社專欄轉載她的多篇大作。多次連絡後，我得知大邱雖被眼疾所苦但仍勤於筆耕，令我對這位樂於寫作的文友更為敬佩。

我雖與大邱素昧平生，但因著我對她寫作風格的欣賞，在與她取得連絡後，我倆很快就成為無話不談的好友，與她相交往後，我非常欣賞她溫婉謙和的個性，人如其文般的經得起細細品味。這期間，我二人除相互勉勵努力寫作外，並互相贈書彼此鼓勵。

得知大邱有個夢想：希望能請台灣的出版社為出生於台灣的她出書，我向她推薦曾為我出書的秀威資訊股份有限公司。

大邱的稿件順利通過審稿後，她請我為此書寫一序文，我雖自知才疏學淺，但卻非常珍惜與她這段相識的緣分。謹以至誠寫出我對其人其文的欣羡與愛慕，並祝賀大邱出書的心願得償。

二〇一三年十月十六日於德州達拉斯

自序

「光陰似箭，日月如梭」是我小學作文時最常引用的開場白，其實那時根本不作此想，反而嫌時間過得太慢，恨不得快點長大，卻又不知長大以後要做什麼？也許是因為每一篇作文都得到老師和同學的讚賞，沾沾自喜之餘便天真的做著作家夢，至於何謂作家及如何能成為作家則是毫無概念。

這懵懂的夢很快便在重理輕文的升學壓力下徹底幻滅，因為自己疏懶成性，既無人鼓勵督促，便在得過且過下，依照父母意思進了商學院，未料一開學便被借方、貸方搞得丈二金鋼摸不著頭腦，只好捨「會計」而就一知半解的「統計」。

大學畢業時留美熱潮方興未艾，一個意外的浪頭將我沖到了太平洋彼岸，落腳於惡名昭彰的底特律市。在這個汽車城裡，幾乎各行各業皆仰賴汽車業為生，可謂「一榮俱榮，一枯俱枯」，不幸的是汽車銷售量一如底特律河水漲落有時，大概每四年便是一個榮枯週期，裁員、減薪和關廠的事時有所聞，在這樣不穩定的經濟大環境中，謀生對一個學非所用的人來說並非易事。

婚後為了混一口飯吃，陰錯陽差的躋身一竅不通的電腦業，歷經解聘、裁員和失業等各種難堪的打擊，即連中年辭職去開店亦是一路賠到關門大吉，那牽兒拖女排隊領失業救濟金的窘相至今如夢魘般揮之不去。

由於車城華人既不夠多又不夠集中再加上犯罪率高，許多華人商演或文化活動均略過此地，台灣來的訪問團亦常常過門而不入，久而久之形同文化沙漠。和中文的唯一連繫就是北美世界日報，然而此地訂戶少運費貴，往往收到時新聞都變成了舊聞，難免有隔靴搔癢之憾。

上有老下有小的我，心情苦悶難當，先是一頭栽進了張愛玲的灰暗世界，繼而延續對《紅樓夢》的熱愛，沉迷於高陽創作的曹雪芹系列書籍，結果看壞了雙眼，人卻抑鬱如故。

兒女上大學時不堪巨大的金錢壓力，茫然無助的遁入了二月河的康雍乾王朝，懸疑的宮廷鬥爭無以解憂，看得天昏地暗的後果是乾眼症和青光眼上身，從此為眼睛痛苦掙扎不已。

空巢以後為填補心頭的失落空虛，開始熱心傳福音，竟然被同工好友惡意中傷和四處誣告，多年含冤莫白，看盡人性的黑暗面，信心低落至谷底更險些失足跌倒。然而「福無雙至，禍不單行」，金融海嘯尚未全面爆發我即慘遭裁員，其時債務未了又不到退休年齡，再度陷入了財務恐慌之中，一時萬念俱灰，不知何去何從。

近十餘年來習慣了每天面對電腦的生活，誰知一夜之間電腦變成了無用的怪物。眼疾困擾多年，再也不能和從前一樣藉著閱讀以逃避現實，這漫漫長日何以排遣？無意間在網上看到一則徵文啟事，不需稿紙郵寄可以線上投稿，於是有了訴諸筆墨洩忿的衝動。

我不會中文輸入，僅憑藉著對注音符號的模糊印象敲起了鍵盤。退稿雖是意料中事，只是萬沒料到退稿會快得連讓我連做夢的機會都沒有。心中本已憤怨難平如今又受到退稿刺激，為了和自己賭氣，索性放棄找工作閉門寫起文章來了。

對我的不務正業先生非但沒有半句怨言反而一肩挑起了家庭生計，讓我安心的在家寫作。感謝《世界日報》和《世界周刊》提供了廣大的園地讓我發芽成長，更感謝《中華副刊》羊憶玫主編的琢磨之功，從我投稿的第一篇文章起即篇篇加以評說，使我受益良多，也才能由散文而遊記而小說的寫了下去。

提筆寫作兩年後受到《世界日報》「大家來寫書」的邀請，自費出版了平生第一本散文集《第六驛站浮想連篇》，並先後開闢了兩個部落格，承蒙部落格主編的厚愛不時推薦我的文章登上網站首頁，得以在眾多讀者和格友的鼓勵下更上層樓。

悠遊於文字河中彷彿「誤入藕花深處」，看到了錯過的春花秋月；聽到了久違的鳥語蟲鳴；打開了自閉的視野胸襟，不再為職場失意和人言是非耿耿於懷。爭渡不為「驚起一灘鷗鷺」，只為一探寫作的桃花源地，這心境上的峰迴路轉是我始料未及的。

這本書雖然沒有帶給我世人眼中的名與利，卻讓我結下了一些難得的文字因緣。先是名作家張鳳留言鼓勵並推薦此書給哈佛燕京圖書館收藏，後有名記者徐喚民（雨僧）的贈金之情，這段緣由詳述於〈夢回大豆田〉一文，在此略過不提，只談我和另兩位寫序者的結緣經過。

去夏北美華文作家協會網站誕生，創刊號上王鼎鈞、白先勇、簡宛和喻麗清等文壇大老盡出，文采光華，眩人眼目，這樣的文學殿堂我雖心嚮往之只能高山仰止。做夢也沒想到幾天後，在我的部落格裡赫然發現主編姚嘉為的邀稿留言。

姚嘉為是我心儀已久的名作家，但僅止於在《世界日報》和部落格上拜讀她的大作而已。向我邀稿也許只是她提攜後進的一慣作風，於我卻有伯樂之感。驚喜之下驀地想起了童年舊夢、中年辛酸和車城滄桑，信筆寫下了〈流不斷的綠水悠悠〉一文。

寫時完全沒有想到今生還有機會出書，更料不到文中提及的聚散離合和今昔對照，好似預先為此書內容做了最佳註腳。雖然數十年來在生活的煎熬下未能執筆為文，但我對寫作的嚮往恰似流不斷的綠水悠悠，但願我的文字能如一江綠水，源遠流長，遂決定以此篇名為書名，更特別感謝姚嘉為在百忙之中為此書作序。

今年春末女兒生第二胎，我前往芝城幫忙做月子，在尿布奶瓶之間忙得團團轉時，意外接到「北德州文友社」社長陳玉琳的邀稿電郵，受寵若驚之餘和她開始了文字與電話往還，並承蒙她贈送大作《靜墨齋 文集》。

何其有幸在浩瀚如海的博文中，她竟然看到和看中了我的文章且千方百計的打聽我這個沒沒無聞的人，結果從姚嘉為處得到我的電郵地址，進而發現她和我既同為眷村子女又同為主內姊妹，這命運的安排真是妙不可言！

家學淵源又係科班出身的她，文學素養深厚不足為奇，難得的是為人豪爽熱忱，雖為初識即極力鼓勵我出第二本書，並慨然應允為我寫序，此書便是在她的穿針引線下得以順利出版的，在此向她致最深的謝意。

這一連串的意想不到固拜文字之賜，亦誠如徐序所說的「When God closes a door, He opens a window.（當上帝關了一扇門會為你打開一扇窗。）」「上帝給大邱開的這扇窗，不但垂著錦繡窗帘，還鑲著彩色玻璃！」容我再續一句「窗外更有流不斷的綠水悠悠，帶著讀者和格友們的祝福如勇士歡然奔路。」

大邱

二〇一三年十一月二十五日於密西根州諾維市

目次

【親子親情】

【浮生偶感】

【花樹閒情】

【短篇小說】

【懷舊憶往】

流不斷的綠水悠悠

許多警匪槍戰片皆以底特律為背景，因為它的犯罪率在全美始終名列前茅，凶殺、搶劫、販毒等事時有所聞，是個惡名昭彰的罪惡之城，人人避之唯恐不及，未料我卻被留學浪潮沖到此處，就此一待三十餘年，好像底特律河水由渾濁轉為碧綠般不可思議。

底特律是密西根州的第一大城和大湖區的重要港口，以汽車工業為主，亦以黑人眾多聞名。它位於北承聖克萊爾湖、南接伊略湖的底特律河畔，因而得名，源出法語意為「海峽之河」。全長二十八哩的河水恰如一條細長的臍帶連繫著兩個大湖，為美、加天然國界。巧的是南北兩端各有一個河中小島，巴博羅（Boblo Island）和貝爾（Belle Isle）分屬加拿大和美國，各自扼住出入湖區的咽喉。

在以海運為主的年代，其經濟、戰略地理位置的重要性自不待言，自十八世紀以降，印第安人、法國人、英國人和美國人先後在底特律河兩岸掀起了一場又一場的爭戰，留下許多紀念碑文。

底城和加拿大的溫莎市隔河相望，兩城可南由大使橋或北從底特律—溫莎隧道來往。在「九一一」之前，美、加兄弟之邦的門禁十分鬆散，老美僅憑駕照便能自由出入，老外只要出示合法證件如綠卡或護照等即可輕鬆放行，很少盤查留難。

連接底特律和加拿大溫莎市的大使橋

初來時底城華人不多，僅有的唐人街早已式微，像樣的中餐館絕無僅有。由於美金強勢，加境油價低於美國，於是溫莎成了華人週末假日消閒購物的聖地。

回憶中好像所有的生日節慶都是在溫莎度過的。平日雖然只有我和二姊兩家人加上父母，已是十口之家坐滿一張大桌，若是四兄妹全家大團圓則非席開兩桌不可，難怪侍者每次見了我們都眉開眼笑。不過，由於生意火紅，我們雖是老顧客，一樣要拿號排隊。

至於週末假日，我們通常是早上前往溫莎飲茶，飯後至隔壁買一盒麵包、糕餅，然後到市中心的河濱公園漫步。大人在涼風習習中閒話家常，孩子們則追逐海鳥或數算河上過往船隻，或是一同大啖底城買不到的荔枝。

雖然河水由於工業污染不夠湛藍還有些渾濁，但我們素喜溫莎的寧靜悠閒和整潔。孩子們卻心繫對岸的繁華熱鬧，有一次非要上貝爾島逛逛不可——此島曾是我求學時和先生約會的地方，其上有漂亮的植物園、水族館和暖房，於是我們就近通過隧道前往。誰知島上黑壓壓一片，搖滾音樂震耳欲聾，繞了幾圈竟然找不到落腳的地方，遂又折返溫莎，重訪去熟了的玫瑰花園，此後再也沒有重回此島過。

玫瑰花園其實另有其名，一座是以噴水池為中心的英式花園，用繁花異草裝飾出不同的幾何圖案，美輪美奐大可流連。另一座才是環繞二戰轟炸機的圓形玫瑰花園。由於母親生前酷愛玫瑰，去的次數多了，我們便暱稱其為「玫瑰花園」。

噴水池前和轟炸機下每個人都留下了無數身影，成為生活中不可磨滅的記憶。但孩子們在意的不是園裡的鳥語花香，而是園首的冰淇淋小店，那一大球五顏六色的冰淇淋在夏日午後是何等的冰涼甜沁！

回程我們照例駛過大使橋，結果卻被美國海關攔下，因為我們在同一天之內分由大使橋和隧道兩次出境，全部都由電眼登記在案。這看似鬆散的邊界海關實在是疏中有密啊！

在蝦餃、燒賣與菠蘿麵包的撲鼻香味中，送走了孩子們的童年和父母的晚年。三次能源危機之後，溫莎的經濟大受打擊，重稅之下使得對岸的華人卻步，市容蕭條，不復往日繁華。底城卻因汽車工業蓬勃發展和交換學者、學生的大量增加，湧進大批華人，中餐館和雜貨店如雨後春筍般興起，人們便很少過河打牙祭了。

提起底特律的地標，眾人腦中首先閃現的便是臨河的通用文藝復興中心。其實在它之前，雄踞市中心一整條街二十五層樓高的赫德遜百貨公司，才是底特律的地標，更是底特律人的驕傲，它代表著高貴、品味和時尚。尤其每年一度在它門前起動感恩節花車遊行，早成底城傳統，也是孩子們心中的盛事。然而這樣的百年老店亦在經濟蕭條中不敵購物中心的競爭，於一九九八年透過電視轉播在眾人眼前灰飛煙滅，成了河上幻影。

如今矗立河邊的七十三層玻璃鋼管造型的文藝復興中心，原為福特產業，後由通用收購，並大事整頓河濱景觀，一時底特律市區大有復興之勢，但二〇〇一年的「九一一」恐襲破滅了這短暫的美景。兩岸海關除了錄影機外更加設重重路障，往往一等兩三小時才得盤查過關。所以，除非真有急事，誰都不願輕易過河。

等到金融海嘯爆發，汽車城裡一片風聲鶴唳，失業率躍居全美之冠，再無人有興致過河吃喝。過橋費亦由起初的美金二元漲至四點七五元，美金、加幣的匯率追成平手，加人反過來上美國消費購物，不能不興起「十年河東，十年河西」之嘆。

不過，溫莎中餐館的生意早在金融危機之前即已一落千丈，大排長龍、吆三喝四的場面不復再見。母親過八十大壽的那間餐廳早已數易其主，而當年歡喜祝壽的父親和兩位姊夫均較母親先走一步，對親人的驟然凋零，至今思之猶痛。

即連那家有如地標的「華閣」餐廳也宣告永久打烊，讓我們在回答海關「何處用餐？」一時失去了標準答案。雖然隔壁的糕餅店還在，但門庭冷落，那香味怎地就是不如往昔，況且買了也無人搶食，不覺興味索然。

底特律市區

比起通用和克萊斯勒的破產，那些小店家的倒閉不過是河上泡沫，雖多、雖急但不致氾濫成災。若非美、加政府及時伸出援手，這汽車城只怕早已淹沒河底。

汽車工業起死回生後，汽車城慢慢恢復了生氣，文藝復興中心、河濱步道、旅客捷運系統、福克斯戲院、底特律音樂廳和福特體育場再度吸引遊客前來，喧嘩擁擠忙亂中仍然有著不安。

然而對岸的溫莎不管時光流轉，物換星移，仍是一派優雅悠閒，由貝爾島至大使橋的河岸全是紅磚道和一座又一座的噴泉及英式花園，如珠串相連，充滿美的驚喜。散布其間的美英戰爭、兩次大戰、韓戰和越戰紀念雕像碑文，簡潔肅穆，不會讓人感到驚嚇，卻清楚留下歷史痕跡，教人不忘戰爭的殘酷。

思念夏日冰淇淋的美味和玫瑰的芳香，未料久違的玫瑰花園風華不再，英式花園中的花草品種數量明顯減少，花棚無花，連懸掛花籃亦無，冰淇淋小店重門深鎖，無從回味。記憶中屹立不搖的轟炸機不知去向，取而代之的是兩架螺旋槳飛機模型，少了那份親切感怎麼看都不對勁。最吃驚的是綠草地上竟然沒有玫瑰，我繞了一圈又一圈才發現一叢玫瑰。要是母親還健在，看到這繁華落盡的景象不知該有多失望。

可喜的是，這渾濁的河水不知何時脫胎換骨成了一條碧綠的玉帶，在藍天白雲下滋潤著遊人眼目。空中飛鳥，河上風帆，路邊繁花，甚至過往行人，無一不可入畫，只是那說不出的慵懶閒適難描難繪。汽車城的喧囂煩惱盡都隱沒於碧波之後，只有文藝復興中心在河上熠熠生輝。那流不斷的綠水悠悠，不光流淌著先民的血汗，還有無數前仆後繼的汽車魂，如不停轉動的輪軸牽動著兩岸的經濟命脈，駛向不可知的未來。

（二〇一二年九月六日發表於北美華文作家協會網站九月號）

八哩路上

我們住在D城的西郊，離我們家最近的大馬路就是那條四線道的八哩路了，可以一直通到D城市中心，不過我們通常不從八哩路直接進城而只是經由它轉上高速公路。

在八哩路上我們去得最遠的便是那家古老的華人雜貨店，也是我們住家附近唯一的華人雜貨店。店裡陰暗雜亂，夏天酷熱，冬日苦寒，空氣中永遠飄浮著一股怪味，老闆的臉色更是沉鬱難看，但為了生活中不可或缺的白米、醬油、豆腐、中國青菜及罐頭食品，我們也只好經常往來於八哩路上。

那時已開始腹腔式洗腎的父親由於缺乏食慾，經常抱怨母親燒的菜不好吃，而醫生又認為他年紀大了非但不叫他禁嘴，反而鼓勵他想吃什麼就吃什麼，於是他經常在那家雜貨店裡尋找臭豆腐、臭腐乳、酸菜、醬瓜和鹹魚、臘肉等異味，沒有新鮮活魚時便買些冷凍鯧魚或黃花魚回來煎炸，弄得一屋子腥臭，但對他的食慾卻沒有絲毫幫助。

母親素有逃難情結，終其一生都愛囤積物資，每次去了必定大肆採購，尤其是當大外孫或哥哥一家來訪時，常常買得連一輛購物車都不夠放，賣海鮮、燒臘的店員見了她總是眉開眼笑地「老太太」長「老太太」短。

雖然去的次數多，但對路邊的景觀我沒有什麼印象，因為美國任何城鎮均大同小異，無外乎超市、加油站及一些小型的街道購物中心，由於沒有停留的必要，我每次都是匆匆駛過，從未留心過兩邊有沒有特殊的店家。直到父親開始血液洗腎，我才知道原來八哩路上有一家洗腎中心，而且離我家不遠。

父親一週洗腎三次，平日付費由老人中心接送，逢到週末假日則須家人自行接送。其時我開了一家小店，店裡只有我一個人，無所謂週末假日，因此先生和二姊輪流接送父親的時候遠比我多。每次洗腎需要兩個多小時，中心位於樹林之後，規模不是很大，環境亦算清幽，只是枯坐無聊，況且家中、店裡煩心的事多，我往往是將父親送去，便趕著去辦理私事，到時再回頭來接。

洗腎之後精血氣力耗盡，人是非常疲倦虛弱的，應該適時補充營養，但心煩氣躁的我不懂得體貼老父，行伍出身的他知道我正為難亦從不抱怨，任由著我急乎乎地趕回家。難得二姊細心，總在父親洗腎之後帶他去數街之隔的「阿比」速食店，吃他喜歡的牛肉餅，也順便閒話家常。這才知道他對死亡是充滿恐懼的，洗腎亦對生理、心理造成諸多不適，而人工血管只有五年的壽命，更讓他憂心不已。

其實這家「阿比」速食店我們也常去，一家六口三代人占滿一張大桌，在滿座白人中顯得礙眼，再加上兒女吵鬧不休，我心中只有厭煩，從不覺得這就是天倫之樂，自然更不會想到單獨帶父親到此進食了。

「阿比」的西邊是一家超市，再往前是一個老社區緊鄰著一個墓園，只有漂亮高聳的大門但沒有圍牆，隔壁是高爾夫球場，裡面的小橋、噴水池和如茵碧草一覽無遺，沒有古老墓園的陰森恐怖，倒像是一般的公園。只是華人尤其老年人向來忌諱生死，儘管心中好奇也不會動念一探。然而做夢也想不到，這樣一個不相干的地方，日後卻成了常去之處。

首先是二姊夫在四十七歲時因肝癌猝逝，不期此處成了他的長眠之地。往後逢年過節及生日、忌日或任何週日做完禮拜之後，兩家三代人常聚墳前，青草鮮花掩不住白髮人送黑髮人的悲痛和中年喪偶的辛酸，還有兩個半大孩子的落寞寡歡。

當年兩岸尚未三通，父母無法葉落歸根，生怕客死異鄉成了孤魂野鬼，見此處環境優美又有女婿作伴，遂決定預購墳地，將來好雙雙埋骨於斯，亦方便子女上墳掃墓。

三年後，我的小店終於關門大吉，在教友的幫助下重回職場，回復正常的職業婦女生涯。父母便在二姊邀請下搬往她家和她作伴。其時父親的腎臟功能已經非常糟糕，人工血管業已超過使用期限，然而醫生評估他的身體狀況很難接受再一次換裝人工血管手術。

父親原本就放心不下二姊和母親，如今又多了一樁心事，因此更是愁上加愁。

次年復活節，週一公司放假，正好是父親洗腎的日子，於是決定由我接送他去洗腎。但父親一反常態堅持我必須留在洗腎中心陪伴他，不得中途離開，因為他一位老友的媳婦半年前才死在洗腎椅上。兩家原為通家之好，她也葬在八哩路上的同一墓園並不稀奇，妙的是，多年後她的先生竟成了我的新二姊夫。

剛剛開始洗腎時，父親一切如常，誰知洗腎快結束時，他的心臟突然狂跳不已，鉀鈉指數空前失衡，醫生要我馬上開車送他到城裡醫院急救，他會找人代辦一切住院手續。

淚眼模糊中，我帶著驚魂未定的父親開上了八哩路轉接高速公路進城，未料，再次回到八哩路上的是他的靈柩而非他本人。

一下子有了兩座墳頭，往來八哩路上的次數就更加頻繁了。母親的悲傷猶勝二姊，她那種呼天搶地的哭法經常弄得我不知所措，反而要由二姊這個傷心人來安慰她。

家人原以為年老多病又失伴的母親很快便會追隨父親而去，出人意料地，她展現了前所未有的生命韌性，在經過了無數的病痛和老年癡呆症的折磨後，晚父親十年回歸天家，有幸看到二姊尋得第二春，並受到新姊夫的孝養照顧。

今年二姊夫已過世二十個年頭，父母先後亡故，孩子們遠走高飛。人事固然全非，即連墓園也已改頭換面，靠近高爾夫球場的半個墓園均改建為新興社區，父母墳前就是人家後院，怎麼看怎麼不順眼。二姊夫婦已經退休，馬上就要搬去加州養老，往後怕是只有我們兩老往來八哩路上，在「阿比」用餐，到超市買花，再去拜望四個墳頭，想來傷感。

不過，我知道逝去的親友不會再回來，而我們卻必定要往他們那裡去。

（二〇一二年九月一日發表於《世界日報》副刊）

如鹿切慕溪水

冰天雪地之中由西向書窗往外望去，只見灰濛濛的天空、白茫茫的大地和陰沉沉的枯林，灰白陰暗的色調讓人情緒低落。

週日太陽難得露了臉，透明澄清的藍天映著純潔無瑕的雪地，一片寧靜祥和。忽然覺得林中有模糊的身影在動，但在枯樹殘枝的掩映下看不分明，不能確定是一隻還是兩隻母鹿，一轉眼便沒入了林深不知處。

午飯後再次佇立窗前極目搜尋，果然看見兩隻母鹿由林中走向南鄰後院，趕忙喚來先生用單眼相機搶鏡頭。在此居住了二十二年，頭一遭近距離拍到照片，正興奮不已時，先生一聲驚呼：「忘了放記憶卡！」白忙一場。他不甘心地重新裝好記憶卡並在窗前嚴陣以待，卻眼見著牠倆由隔壁後院續往南行，大概很快就會回到樹林之中。我私下嘀咕：「機會一去不再來！」

想不到牠倆停留在隔壁後院低頭覓食，十分鐘後竟然折返林中又往北而來。這下看清楚了，是兩隻美、加常見的白尾鹿，由其比狼狗大不了多少的身量看來，應是未成年的幼鹿，通身栗色皮毛，耳內、頸下、肚皮及尾巴內側為雪白，另外眼睛和嘴巴外圍各鑲有一圈白毛，不由想起平劇臉譜與女明星的眼影妝來。這一身保護色隱在林中不動，實在很難發現，要不是這些年來雷擊砍伐及自然災害導致林木稀疏，我們也無緣一窺全貌。

隨後牠倆走出樹林，來到西北方後鄰的邊界處，那兒有兩叢低矮的灌木仍然長著細小的綠葉，小的那隻只管低頭大嚼，略大的那隻也許是姊姊，則充滿了危機意識，不時地四處張望，確定沒有危險後才低頭吃食。牠倆彎頸嚼食的模樣是如此溫柔可愛，真不知有誰忍心傷害牠們。

鹿自古以來深受國人喜愛，因為鹿性溫馴，鹿茸能夠補身為貴重的中藥材。不過，也有其擾人的地方，許多晚間高速公路上的車禍，都是因為閃避不及突然現身的鹿而造成的。另外，喜食嫩葉的鹿也頗為害庭園。有位朋友酷愛玫瑰花，栽了幾十盆五顏六色的名種玫瑰，某年初春，發現所有的嫩葉新蕊在一夜之間被鹿吃光，氣得他大罵不已。

我則是由母親口中得知「鹿」諧音「路」，一聲「有鹿哇」好比「山窮水盡疑無路，柳暗花明又一村」，因而被我視為祥瑞之徵。

十餘年前，年假過後第一天上班，身為公司高層主管的先生莫名其妙地被解聘了。時逢第二次能源危機，經濟不景氣，工作難找，加上兒女年幼，父母老病，而我早在三年前辭去電腦工作開了一家小店，一直不死不活地撐著，全家生活費用、車貸、房貸和醫藥保險全都指望著他的薪水和福利。現在他丟了工作，眼見全家有斷炊之虞，雖然夜夜輾轉不能成眠，還得竭力瞞著父母、兒女。

不過，他們還是看出來了，同樣已受洗的父母反應大不相同。行伍出身的父親愁得血壓升高，而在自行洗腎時分神出錯，導致腹膜炎緊急住院；沒念過書的母親則極力安慰我

五鹿呈祥

們，世上沒有過不了的關，並強調她會每天跪著幫我們禱告，求神憐憫開路。那時我們尚未信主，憂心如焚中，對母親的話也只是姑妄聽之。

先生位居高位多年，向來只有他僱人裁員，如今卻含冤莫白地被砍，萬念俱灰之下，既不改寫履歷表也不找工作，只消極地打算和我一起經營小店，明擺著是往死路上奔去。

一個週末清晨，父母興奮地說後院有鹿。那時後院西北面仍為空地，有時黃昏可看到遠處有鹿群出沒，但從未進到我家後院過。一家四口急忙奔至廚房的落地窗前觀看，只見五隻大小不一的鹿或臥或站在木陽台前一字排開。可惜當時沒有傻瓜照相機，未能留下此一珍貴的鏡頭。不過，這幕有如朝臣來拜的景象，深映我腦海，至今難忘。

不久，住在同一社區的二姊夫，拖著病體親自走來我家，催促先生改寫履歷表，好替他介紹工作。根本不抱任何希望的他，有感於二姊夫的誠意勉強應付了事。結果機緣湊巧，二姊夫一位舊同事的弟弟，由福特跳槽至另一家公司擔任高級主管，正在用人之際，儘管先生的學經歷都不盡符合，這位虔誠的天主教徒還是破格錄用了他，更意外的是，薪水和以前相差無幾。然而不幸的是，二姊夫竟在那年夏天因肝癌不治而英年早逝了。

週一晨起太陽掩面不見，雪花飛舞中了無鹿的蹤影，心下好生悵然。午飯後依舊佇立窗前，暗忖就算守株待兔不得，權當賞雪好了。凝神細望了好一陣子，發現片片雪花之中有朦朧鹿影在林中晃動，稍後有三隻母鹿相繼北行走出林子，停在昨天的那兩叢灌木前。兩隻很快地低頭就食，另一隻則站在一旁守望了很久，才加入就食，也使我有足夠的時間拍照。其時點點雪花將牠們裝扮成了梅花鹿，像卡通《小鹿斑比》般俏皮可愛。

偶一轉頭才發現，林中還有一大一小兩隻母鹿，正奔往南鄰後院，想來是鹿媽媽帶著鹿妹妹出遊。此時真恨不得多生出一雙手來兩頭拍照。約莫二十多分鐘後，五隻鹿陸續回到林中。顯然牠們是一家人，雖然姿態各異，總算讓我的傻瓜照相機拍到了一個「五鹿呈祥」的畫面。多年心願得償，內心充滿感恩。

事隔十餘年，在我失業三年後，再次看到五鹿呈祥，已信主多年的我，內心切慕神，如鹿切慕溪水。

（二〇一一年五月三十一日發表於《世界日報》副刊）

參加自己的新書發表會

經常在《世界日報》上看到某某作家舉行新書發表會的消息，私下非常羨慕和好奇，心想平凡如我這輩子也不可能有機會有此際遇。然而世事難料，二〇一一年九月九日，我居然能以作者身分，參加了平生第一次，也是自己的新書發表會。

話說去年冬天，我在網上閱讀龍應台的《一九四九大江大海》一書，當讀到〈我的名字叫台生〉此一章節時，心中百感交集，於是寫了〈我的名字叫大陸〉投寄《世界周刊》。當時《世界周刊》正在辦「時代故事・我的一九四九」徵文，承蒙主編不棄，入選「時代故事」之一，並於今年收錄於《世界日報》出版的《一九四九大時代一〇〇小故事》一書。

因〈我的名字叫大陸〉，我和一位失聯三十餘年的高中同學重新搭上線，更因著此文於去年十一月接到《世界日報》的邀請函，希望我能將此文加以延伸補述成書，參加《世

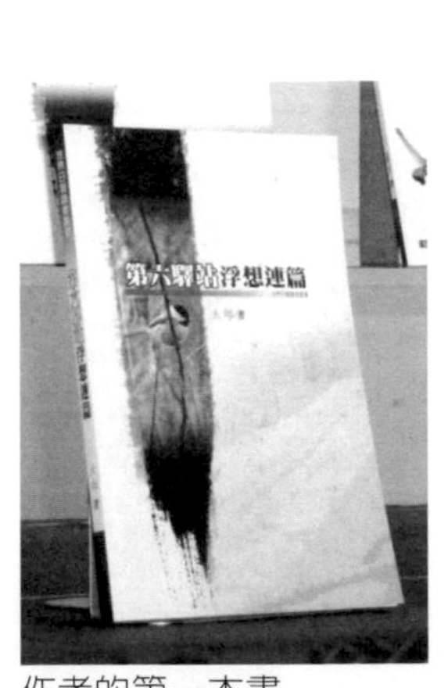
作者的第一本書

界日報》三十五週年報慶「大家來寫書」活動。

兒時家貧又逢台灣重理輕文的惡補年代，所住眷村裡家家父母都期望著孩子將來能留美拿博士好改換門楣，我家父母自不例外，更是成天將「萬般皆下品，唯有讀書高」掛在嘴邊，惹得我反感心煩。

儘管我的作文經常被老師誇獎朗讀，家人非但不予鼓勵反而唯恐我將來會往文學方面發展。家中除了訂有一份《中央日報》外別無任何閒雜書報，我便每天囫圇吞棗地閱讀《中央》副刊。

初中時飆起了瓊瑤旋風，同學們爭看《皇冠》雜誌連載的瓊瑤小說，我既沒有零用錢買書又無處可借書，從來沒有看過瓊瑤作品，只是暗地裡偷學同學們塗塗寫寫。未料被家人發現後卻被安上了「迷戀瓊瑤」的罪名，此後不要說寫，連看的意願都全盤被打壓了下去。

順從父母心意進了商學院後又隨著時代潮流混到了美國，拿到數理統計碩士學位後卻找不著任何專業工作，幾經掙扎方始混進了電腦業，由於缺乏專業訓練和興趣做得痛苦異常。中年鬼迷心竅辭去電腦職位開了一家連鎖店，六年賠光了所有積蓄不說，差點連健康、婚姻全都賠上，最後落得個關門大吉。

拜千禧年之賜電腦業大舉用人，在教會朋友的介紹下僥倖重回職場。以為從此可以安然做到退休，豈料人生風雲變幻無常，在二〇〇八年四月底由於任職公司合同大舉外包海外，我的職位被裁掉了。

雖然這不是我職場生涯中第一次被裁，然而時值五十七歲的尷尬年齡，既不是老到可以退休又不是年輕得可以重頭再來，而周圍所有親友，不管比我年幼或年長的均仍在工作，只有我像一隻離群孤雁不知何去何從，內心的惶恐、失望、掙扎與落寞無以言說。

我是在金融海嘯爆發初期即被裁掉的，一般人尚無憂患意識，優秀的華人同胞尤其是職場少年得志者，非但不予同情安慰，反而認為我肯定是工作能力不夠才會被裁，開門見山地告訴我，不必癡心妄想再找專業工作，今後大概只有當保母一途。

每天早上我跪著流淚禱告，希望神能替我開路，但神對我的呼求置若罔聞。如同熱鍋上的螞蟻煎熬了三個多月，改行讀書或找工作均無頭緒，心灰意冷之餘憤然提筆寫了一篇〈何枝可依〉投寄《世副》，不到一個禮拜便收到退稿通知。這雖是與中文絕緣三十餘年的必然結果，但心情仍然低落到了谷底，覺得自己是個被天地神人所共棄的廢人。絕望中又寫了〈來稿未用〉，意外地得到「家園版」編輯的青睞和留言鼓勵，於是不會中文打字的我使用注音符號千辛萬苦地在鍵盤上又敲出了幾篇短文，並得以在「家園版」發表。因著這位不知性別和姓名的編輯的一念之仁，替我在黑暗中打開了一扇窗，從此開始了我的投稿生涯。

正當我沉浸於寫作之樂放棄找工作時，卻憑空傳來另一聲晴天霹靂。先生任職的汽車公司在十月時發出通知，希望白領員工在十一月底前儘量提早退休或另謀高職，否則屆時公司不是破產關門便是大量裁員。

兒女雖已自立，但我們仍有房貸、車貸和健保的壓力，如果夫妻兩人都沒有工作，很快便會坐吃山空流落街頭，這留與不留的難題日夜困擾著我們。夫妻二人每晚流淚禱告，但神始終沉默，一無指示。到了十一月中旬，眼看難逃這滅頂之災，先生卻莫名其妙地決定留下，不走了。

信心軟弱、憂心如焚的我，不斷地抱怨神見死不救，卻又一籌莫展。拖到了感恩節的前一天，也即是期限的最後一天，晨起讀經時當我讀到「耶和華說，因為困苦人的冤屈和貧窮人的嘆息，我現在要起來，把他安置在他所切慕的穩妥之地」這節經文時，眼前一亮，心中大石「咕咚」落地，我欣然接受了先生留下不走的決定。感謝神，次年汽車公司起死回生，也保住了我們的飯碗。

當初提筆投稿純粹是為了洩憤，身邊眾人也咸認我是八十歲學吹鼓手，頂多有兩三篇文章能被發表便玩完了。萬萬沒有想到我會堅持了下來，眾人驚訝之餘不時戲稱我為「作家」，並嘲問我：「何時出書？」

我想出書是每一個喜歡寫作的人的夢想，初出茅廬即已年近花甲的我一方面不敢做此妄想，一方面卻又忍不住向神祈求能在有生之年出一本書，以茲紀念。

然而，二千美金一百本書的印刷費用對失業的我來說不是筆小數目，興奮之餘難免躊躇難決。不好文藝的先生、不懂中文的兒女、在台的小姑和兩位教會姊妹則始終鼓勵我出書，先生更是再三強調：「人生不要留白，千萬不要錯過老來圓夢的機會。」

結婚那年剛好北美《世界日報》創刊，好友騰英訂了一年的《世界日報》給我們當賀禮，從此《世界日報》成了我文化沙漠中的唯一綠洲。想不到三十五年後，我不僅由少女變成了外婆，更由讀者變成了作者。而其間所有的人生重大變故均發生在有第六驛站別稱的Novi這個城市，Novi也湊巧是我們婚後駐足最久的第六個驛站，遂以《第六驛站浮想連篇》為我的第一本散文集命名。

參加新書發表會後，週六深夜回到家中，週日下午收到一封電郵，竟然是我落魄紐約時的室友發來的。兩人不通音訊已逾二十餘年，其間雙方均曾互相查訪對方而不得；此番卻藉著《世界日報》新書發表會的新聞，輕而易舉地重續前緣，真是不勝驚喜，也是我參加新書發表會的另一收穫。

（二〇一一年九月二十五日發表於《世界周刊》No. 1436）

再沒有另一個三十五年

自從華在報上看到我出書的新聞，主動和我聯絡以來，我們通了一次電話和幾次伊媚兒並交換了一張近照。驚喜於斷線重連之餘，兩人心裡如同打翻了一攤子的醬料瓶罐，說不出的酸甜苦辣，急於見面一訴別後。

賦閒在家的我有的是時間，但她生意忙碌很難抽身，於是由夏盼到秋，又由秋盼到冬，直等到漫天飛雪的二月中旬，終於故友重逢。

那年夏天，我剛從研究所畢業，馬上陷入了畢業即失業的窘境。當時男朋友，亦即現在的先生，決定轉學紐約續攻博士學位，遂極力慫恿我到紐約找工作。徬徨無助下我隨他到了紐約，在他親戚家中打地鋪。由於不慣也不便打擾人家，我急著租屋居住。在報上看到一則分租廣告，他馬上陪我找了去。

這間公寓式的連棟兩層樓房子，樓上樓下各有進出口，分租給不同的人。二樓有大中小三間臥室，二房東方住了中號房，華住了前面那間小的，後面空著的大間是兩人共住的。因為我急需住處而胖胖的方又十分和藹可親，便在不識未來室友的情況下搬了進去。

幾天後我才和華碰上了面。她一頭燙髮烏黑濃密，雙眼炯炯有神，臉上流露著台大人慣有的陽光和自信。她雖比我黑也比我矮小，但同屬易胖一族。一聊之下發現我們同是

《紅樓夢》迷，且同為台灣眷村出來的留學生。她念的生物和我念的數理統計，在沒有綠卡的情況下同樣求職無門。也許是同病相憐，也許是惺惺相惜，我們愈聊愈投機，她也因愛屋及烏暱稱我的男朋友為「林兄」。

由她口中我才知道，二房東雖有招租、收租的責任，但也有不少好處，像方的房間即是全屋最好的一間，而租金卻和其餘三人相差無幾，因為租金多少由她全權決定；此外，公共衛生的打掃排班，熄燈時間，電話、電視的使用，和晚上謝絕男賓來訪更不得留宿等種種規定皆由她制定，如果有人違規會招來她一頓好罵。最不合理的是，在沒有找到替租人選時是不能搬出去的，否則要續繳房租直到租出為止。

其時方已三十出頭，沒有男朋友，因此對室友的交友情形格外留心，我和林兄均經她面試合格，沒有留難，但對活潑外向、交友廣闊又小有違規的華則屢有煩言。華因此私下戲稱方為人民公社的「社長」。有時不小心被方聽見了此一戲稱，卻以為我們說她是女生宿舍的「舍長」，才沒有和我們翻臉。

攤開《紐約時報》求才求職的廣告，洋洋灑灑好幾大張紙，心想：「紐約之大豈無我容身之處？」我每天揣著報紙，帶著履歷表和地鐵地圖，在城裡穿進穿出，結果都是「寂寂竟何待，朝朝空自歸」，逃不出「沒有綠卡不能合法工作，沒有工作得不到經驗，缺乏經驗找不到工作」的連環毒咒。

灰心喪氣之下我藉著吃甜食發洩情緒，使原已發胖的身材更加地登峰造極。華非但沒有勸我少吃，反而陪我喝咖啡，吃蛋糕，不時轉動著慧黠的眼珠子，冒出一串又一串的俏皮話，如：「夠不夠糖？不糖的話再加點甜。」當我為找不到工作發牢騷時，她則學廣東人說國語：「你很不學所以我不教你。」

當時三位室友都在中國城打工。方是移民在美沒有學位，好像也只能在中國城打工。和我同房間的吳，沒人知道她的職業和底細，花枝招展的她經常神龍見首不見尾。華好像做過車衣場的接線生，其後換到一家公司的門市部，至於做什麼，她沒說我也沒問。

眼高手低的我對髒亂、充滿南蠻鴃舌之音的中國城向無好感，不肯前往中國城找工作屈就，一心想要做本行專業。哪知身無一技之長的我，根本就沒有求生的能力。

深秋站在熙來攘往的紐約街頭，但覺人海茫茫無處棲身，於是我對林兄說：「我們結婚吧！」沒想到只有免學費獎學金和打工月入二百美金的他真的答應娶我。事後想來，他不是見義勇為便是出於愚昧無知。

我討厭中式婚禮的噪雜和中國餐館的俗豔，一心嚮往聖潔的教堂婚禮，卻不知非教徒是不能在教堂結婚的。

奇妙的是，當我們在布碌崙購買廉價婚戒時，遇到了一位非常熱心的猶太裔老闆。他不僅介紹了一位中國牧師為我們證婚，更幫我們安排了一家離我租屋不遠的小教堂讓我們舉行婚禮。素昧平生的教友更是自動包辦了所有教堂婚禮細節，圓了我在教堂結婚的美夢。這些陌生人的溫情讓我們感動不已，更成為我們日後信主的契機。

其時華青梅竹馬的男朋友剛好由南部上來看她，便非常熱心地幫忙婚禮瑣事。在我眼裡他是位典型的留學生，和她挺匹配的，然而她卻說他們之間不太可能有結果。

婚禮當天早上，感謝方志願替我化妝和做頭髮，並邀請她一位好友為我們拍照，否則我這個土包子很可能會蓬頭素面地出嫁，且沒有一張結婚照片可做留念。

婚後一個月，我以學位在芝加哥申請的綠卡獲得批准，於是我們在大雪紛飛中投奔芝城，沒有告別也沒有送行，因為未知的未來是一片茫然。誰知這一別就是三十五個年頭！

在芝城翻滾了兩年多，因緣際會我們又回到了密西根原點，直到如今。她則始終留在同一公司，更一如自己的預言沒有嫁給那位青梅竹馬的男朋友，而是嫁給了老闆的兒子，沒有婚禮，沒有照片，我們甚至不知新郎姓啥名誰。

後來我們在同一年先後生了兒子，彼此忙著為生活打拚，信便愈寫愈少。接著，雙方搬家，不知怎地便斷了音訊。不過，在報上仍能看到她婆家的大幅廣告，我便打電話前往查詢。結果，接電話的人操著粵語和我雞同鴨講了半天，最後告訴我「查無此人」，從此真正地斷了線。

到達機場領行李處時，華搭乘的班機剛剛降落，等我由洗手間出來正打她的手機時，她已一眼認出了我，迎面而來。待回到家中，燈下相認，她的瘦小著實讓我吃驚，沒染過的短髮兩鬢飛霜，臉形輪廓因消瘦而不復往日圓潤，土色衣著益發顯得臉色暗沉。她亦直呼我的臉變長了，下巴變尖了。

好在聊起往事時她咧嘴而笑的神情和爽朗的笑聲一如既往。她說曾和我同房的吳小姐不知所終；「社長」則在四十歲時為了抓住青春尾巴，勉強嫁給了一位在中國城打工的粗人，由於不是她的理想對象，好面子的她沒有宴客亦不願多談，後來得了腎臟病開始洗腎。唉！實不能不慨嘆人生的無常。

華的父母和我的父母同樣生於苦難的時代，前半生顛沛流離沒有安全感，晚年來美依附兒女卻又思鄉懷舊。我們倆都是父親先行病故，母親後因老年癡呆症離世。這中間侍親的曲折心酸，彼此心照不宣，但雙方的宗教信仰卻大相逕庭。

年輕時我們沒有任何宗教信仰，也以為所有人都和我們一樣。殊不知她從小出入教會，在北一女求學期間就已受洗。這樣的一位老基督徒居然在中年吃齋唸佛轉信密宗，並帶領全家人皈依佛門，是我完全不能理解的。

即使是在我家做客的短短幾天裡，她也是關起門來早課、晚課不斷，看得出來她十分虔誠。雖然用餐時她會隨著我們做謝飯禱告，但不知她心中禱告的對象是誰。

問起信佛緣由她不願深談，只將一切歸之於機緣，並一再說她自己罪孽深重，唯有禮佛誦經才能消除罪孽。

我中年信主，《聖經》沒有她熟，佛教從未涉獵，一切無從辯駁，但有些話如鯁在喉不吐不快。我細訴了兒子怪病得醫治、父親死而復生及二姊夫肝癌痊癒等所有發生在我家的神蹟奇事，她聽得很用心但沒有附議，只鼓勵我將父親死而復生的見證寫出來。

至於她當年眾多的追求者，包括青梅竹馬的男朋友在內，都一一被她甩掉了。最後，因母親的逼婚，嫁給了現在的先生。為了婚姻不幸，多年來她和母親關係不睦。然而，最終在信佛以後原諒了母親，只是和先生的關係仍無太大改善。

我自己的婚姻並未如她所猜想的那樣——「從此王子、公主過著幸福快樂的日子」，而是貧賤夫妻百事哀，經過無數爭吵磨合、冷戰、熱戰，直到最近這幾年靠著神，才能夠前所未有地和睦相處，形影相隨。眼下日子平淡如水，活動範圍不出方圓五哩，每月到芝城探望外孫女便是人生最大樂事。

諷刺的是，我職場浮沉多年，卻始終沒有做過一天本行工作，最後還被裁員窩居家中爬格子，而她卻擁有了自己的公司，能夠決定別人的去留，只是一週營業七天和先生王不見王。

沿著底特律河，在美、加兩岸的雪地上，我們留下了深深的足印，笑容在鏡頭前凍僵，前塵往事卻在心底不斷翻騰。

三十五年前我們同樣落魄紐約，三十五年後她得意商場，我則寄情寫作。人生不能重來，往後再沒有另一個三十五年可供磋跎。「明日隔山岳，世事兩茫茫。」我衷心祝願老友夫妻好合，到底是少年夫妻老來伴啊！更希望下次看到她時不再形單影隻。

（二〇一二年五月二十日發表於《世界周刊》No. 1470）

碧波變惡浪

七十年代到密西根求學時，只知道位於五大湖區的密州號稱「大湖之州」，是美國境內唯一由上下兩州合成的州，卻不知連接上下兩州和分隔休倫湖、密西根湖的麥克諾橋是密州著名地標，更不知橋東的麥克諾島是聞名遐邇的旅遊勝地。

第一個暑假悶居宿舍無聊，湊巧隔壁室友新交的男朋友約她到北密遊湖，她邀我作伴，這才有緣一睹湖上明珠麥克諾島的盧山真面目。

我們從下州的麥克諾市搭乘遊船前往麥克諾島，二十分鐘的航程風平浪靜，湖水碧綠一望無際，麥克諾橋的英姿盡入眼底，讓我這個土包子大開眼界。

一下船即看到唯一主街上人潮洶湧，觸目皆是馬車和自行車，只因島上禁行機動車。小島面積不過八平方哩，但因時間有限，不容徒步環湖一周，只好硬著頭皮租了一輛自行車，跟在他們後面牛步而行。

我對於此島歷史文物一無所知，加上十餘年沒有騎過單車，在呼嘯而過的車隊中騎得膽戰心驚，直到離開鬧區遠落車隊之後，才能放鬆心情欣賞環湖風光。

藍天白雲下，但見彩帆片片，海鷗點點，白色浪花徐徐拍打著沙灘，馬車「的的」來去，一串串的歡聲笑語隨風而過，這一切對我來說都美如好萊塢的電影場景。至於聳立山頭的維多利亞式大賓館（Grand Hotel）則是可望而不可即的幻境，因為每晚住宿費高達百餘元，窮學生固不敢奢望在此住宿，即連購買門票入內參觀的念頭都不敢轉，只是遠遠地觀看，幻想著：「綠草地上的戶外婚禮，該是如何的浪漫動人！」

不等畢業室友即嫁給了那位男朋友，並沒有在大賓館舉行戶外婚禮，但不知有沒有在那兒度蜜月？而我則於畢業多年後又輾轉回到了密州。其時因電影《似曾相識》（Somewhere in Time）的拍攝和放映，使得麥克諾島更加地聲名大噪，成了許多新人度蜜月的首選之地。我卻在生活煎熬下再沒踏上過此島半步，直到快生女兒時，父母前來幫忙，才決定在產前帶著他們和不滿兩歲的兒子全家重遊舊地。

由底特律西郊開車到達麥克諾市已是下午兩三點了，於是決定先在附近逛逛，次晨再坐船前往麥克諾島，好做竟日之遊。奈何天有不測風雲，第二天非但烏雲滿天還下起了小雨。我們未攜帶任何雨具，亦不知這雨能停與否，本想就此打道回府，上了車卻又覺心有未甘，便驅車前往碼頭一瞧。未料雨中仍有不少人排隊等候遊船，我們也就糊裡糊塗地跟著買票上船。

登船以後風聲雨勢尤甚先前，溫柔的萬頃碧波化作了猙獰的驚濤駭浪，奔騰呼嘯不已的浪頭一個高過一個。偏偏又是逆風行船，巔簸搖晃中，剛被浪頭捲到天際旋即重重摔下，往往驚魂未定另一個巨浪又兜頭砸下，唯恐遊船會被五馬分屍，從此沉沒湖底。

同船的年輕人則覺得被大浪拋上擲下猶如坐凌霄飛車般過癮刺激，興奮得尖叫連連。我們這家老弱婦孺卻被嚇得面無人色，好在沒有驚動胎氣。母親日後回憶，直說：「當年由上海坐船到台灣也不過如此。」

幾番大起大落後終於登上了麥克諾島。滂沱大雨中無處可去，只好隨著眾人在騎樓下避雨。然而，這雨卻無視於眾人的狼狽，逕自嘩啦嘩啦地下個不停。不得已，我們隨便走進了一家餐廳吃午餐，好順便歇歇腳。

飯後雨勢未曾稍歇，不僅往日足跡難尋，公園、大賓館和碉堡古蹟盡皆湮滅在一片灰濛濛之中，掃興之至決定坐船回頭。也許是順風行船的緣故，也許是來時已被嚇破了膽，回程時雖也是惡風惡浪，總算不至於再像坐凌霄飛車般高來低下的教人吃不消。不過，好好的一個夏日假期就此泡湯了！

有了這次碧波變惡浪的不快經歷，我們再也提不起興致重遊麥克諾島。又過了多年，才為了陪伴遠道來訪的親友重登斯島。島上照舊擁擠著度假的遊客，大賓館依然可望不可即。只是回頭一想，當年的驚濤駭浪比起往後的人生風浪實在不算什麼，只要自己能把握住人生方向，即使惡浪行船，心中也應是碧波萬頃。

（二〇一三年八月二十一日發表於《世界日報》副刊）

「大餅饅頭」喚不回

據母親說是在我兩歲多時搬到台北眷村的，但我對當時景況及周邊環境完全沒有印象。由於我們兄妹三人年齡相近，母親生怕我們在外面和人吵架鬧事，總是禁止我們私自出門，尤其是我這么女，只能在她眼皮子底下打轉。

對大門外的最早記憶是二姊入學的第一天，我送她和哥哥出門，拐了一個彎便到了南邊巷口，只見幾乎和我等高的稻田如一堵高牆般矗立眼前，這陌生壯觀的景象嚇住了我，趕緊轉身回家。

另一深刻的印象是西邊巷口的泥巴路。那日我隨母親去買菜，泥巴地上擠滿了小販攤子。人聲鼎沸之中，母親居然聽到了湖北鄉音，遂和旁邊推著嬰兒車的婦人敘起鄉誼來了。而這位黃毛丫頭，日後和我情同姊妹，至今不渝。

雖然不能出門，卻擋不住門外的叫賣聲。「磨剪刀、鏟子」只有母親感興趣，和我們則兩不相關。我們喜歡的是「酒矸倘賣無」，因為賣了酒矸的零錢我們可以買「爆米花」吃。「枝仔冰」、「烤番薯」和「豆花豆腐腦」不是天天來，誘惑不算太大；「糖果餅乾」只有年節才現身，而注重過年過節的母親必買，不用我們掛心。

唯有早晚一次的「麻花饊子」和「大餅、饅頭」惹人垂涎，尤其「大餅、饅頭」總在上下學肚子正餓時出現。這位老兄一身黃卡其軍服改的衣褲，明顯是位退伍老兵。操著山東腔，聲韻悠長地喊著「大餅」，然後以短促上揚的「饅頭」作結，周而復始地喊遍街頭巷尾，這奇特的鄉音腔調讓人一聽難忘。

儘管我們饞得緊，手頭拮据的母親卻難得掏兩個小錢讓我們解饞。他的話不多而母親也不愛與人搭訕，往往只是一手交錢一手交貨而已。至於他的姓名、年齡和過去，對我們來說更是完全無關緊要。當他掀開單車後座的木箱蓋子打開保溫紗布時，那蒸騰的熱氣和四溢的香味，我至今記憶猶新。我們對白胖無味的饅頭沒興趣，單只鍾情於那嫩黃鬆軟的扇形大餅。

在那個物質缺乏的年代，沒有任何消夜、點心和零食，更沒有吃甜食的習慣。又因母親不會做麵食，我家一日三餐都是煤球爐煮的配給米飯，粗糙生硬，又無魚肉相佐，自是難以下咽。所以，我們會對這微甜的大餅驚為天人也就不足為怪了。

到我上小學時，住家周遭的稻田早已蹤影全無，南邊巷道也拓建成了大馬路，亦即後來價值連城的南京東路三段，更是外國元首訪華和花車遊行的必經之路——我們即曾在路兩邊歡迎過美國艾森豪總統。可惜「梁兄哥」凌波初次訪台時我們要上學，錯過了那萬人空巷的盛大場面。

可喜的是，那時尚未蓋起高樓大廈，路邊還有野花可採。我們經常採擷紫色的酢漿花，咀嚼酸酸的纖細花莖。無花時便剝去葉莖外皮，剩下頂端三瓣葉片和相連如細線般的內心，然後彼此勾纏，看誰的先斷誰就輸。此外，我們也會費心找尋四瓣的幸運草，只是我從沒找到，幸運亦從未臨到我。

因緣際會，西邊巷口的泥巴路後來發展成了一條熱鬧小街，包子、饅頭、燒餅、油條、餛飩湯麵、蘿蔔絲餅、烤玉米、魷魚和紅豆小餅等各式小吃攤店林立，雖然吃的花樣選擇多了，巷內的叫賣聲非但未曾稍減，還多了賣冰淇淋的「叭卜聲」。「大餅！饅頭！」依然如鬧鐘般在早晚響起，只是習以為常的我們難得一買。

隔著小街是空軍眷村，以演唱〈綠島小夜曲〉紅遍大街小巷的歌后紫薇即住在那兒。據說她常手挽菜籃上菜市場買菜，或坐在小吃攤上進食，或搭公車前往錄音，可惜我眼拙未曾認出她來。至於另一名人——後來的偶像巨星劉文正，就住在我家巷口，居然也失之交臂，對經常出入他家的未來影后張艾嘉更是相見不相識。

村中頗多將門之後，謹遵「萬般皆下品，唯有讀書高」的庭訓，當別的眷村以混太保、搞幫派惹人非議時，我們眷村卻以高升學率自豪，幾乎每家都有孩子念建中、一女中和台大、清華等名校，留美讀博、碩士的更是大有人在。當然，也有像我這樣的考場失意者，只是在這種氛圍下的日子不太好過罷了。

大三時眷村拆遷，擇地新建的四層樓公寓，改變了往日雞犬相聞的居住形態。之後，偶爾還能聽到烤番薯的竹筒聲，卻再未聽過「大餅、饅頭」的叫賣聲。心想：「他也許和那些在小街上賣燒餅、油條和包子、饅頭的老兵一樣，早已發財收山了吧。」

婚後回台省親，眷村舊址早已夷為平地，不過像烤番薯、蘿蔔絲餅、烤魷魚和紅豆小餅這些兒時美食尚可在街頭找到，至於包子、餃子、蔥油餅等自家廚房亦能複製，唯有這

「大餅」卻從人間蒸發，無論眾人口中或網上食譜均無處可尋。

嬰兒潮世代空巢以後，有人唱歌跳舞，有人遊山玩水，卻都不約而同地懷念起「大餅、饅頭」來了，即連先生這個鄉下本省人也印象深刻。我這才知道「大餅、饅頭」並非我們眷村所獨有，而是無遠弗屆的。不知這些山東老兵們是如何學得這項求生手藝的？又是如何發展出這獨門行銷策略的？

意想不到的是，臨退休眾人忽然紛紛開始學做大餅。食譜五花八門，無外乎揉麵、發麵，加油、鹽、蔥花，或烤或煎都很好吃，只是都不是記憶中的滋味。

近年來在教會中認識了一對來自天津的老姊妹，心喜救兵來了，馬上打聽山東大餅的做法。誰知姊倆聽了一臉茫然，直問我：「是燙麵、死麵還是發麵？是烤的、蒸的、煎的還是油炸的？」這下換成不會做麵食的我一臉茫然了。

大姊很快送來了她們吃的家常大餅，不鹹不甜，密實有嚼勁，自然不是我所懷念的大餅，倒有點像小時候吃過的「鍋盔」。其後又送來了芝麻蔥花大餅，鹹香可口，但和微甜不鹹的印象不符。大姊聽了更加納悶，直問我：「到底是個什麼樣的大餅？」然而，睽違了近半世紀，我哪說得出個所以然來？

在用煤球的年代，只有蒸籠沒有烤箱，不過餅面乾爽沾有白粉，應該不是蒸的，可能和燒餅一樣是用汽油桶烘烤的。大餅異常鬆軟又多氣孔，想來是發麵而非死麵。餅色嫩黃，大概加了雞蛋。至於奶香撲鼻，可能是摻了奶粉，因為那時有美援，經常有免費奶粉可領。

這本是我的胡亂猜想，大姊卻認了真，雞蛋加奶粉地實驗起來，讓我覺得自己真是強人所難——大姊既沒見過更沒吃過，如何能做出我夢中的大餅來呢？這就好像在四川本土，根本找不到只有在台灣才有的川味牛肉麵般可笑。

其實，經過歲月的不斷發酵，「大餅」早已在回憶中昇華成了無可替代的人間美味。然而，喚不回的豈僅是「大餅、饅頭」？那沒有毒奶粉、假雞蛋和起雲劑的純真童年才真正是千呼萬喚也喚不回的呀。

（二〇一三年九月九日發表於北美華文作家協會網站九月號）

好吃不過餃子

一提起吃，北方佬便眼睛一亮，異口同聲地說：「好吃不過餃子！」南方人不服氣，奈何表決時，飄逸纖秀的餛飩總敵不過珠圓玉潤的餃子，老是敗下陣來。在海外，幾乎所有的餐會都是以餃子掛帥，而且總是吃得賓主盡歡。

在台時，由於母親是南方人不會做麵食，想要吃餃子除了向小攤販買去，就只能買現成的餃子皮自己動手包。雖說不用揉麵擀皮，但從買菜、洗菜、剁肉、調餡到包至煮，大概要耗去母親大半天的時間。使得我從小就認定，包餃子乃是項浩大的工程，不願輕易嘗試。

當年的餃子餡不過是普通的白菜、豬肉，但在物質缺乏的年代，吃在我們這群餓鬼似的小蘿蔔頭的嘴裡，簡直是人間美味。至於偶爾上館子吃餃子，那就無異於山珍海味了。

出國結婚後，我秉承母親的傳統，都是買現成的餃子皮，內餡亦是一成不變的白菜、豬肉。然而，我的動作更不及母親，不堪手忙腳亂，一年難得包上幾回餃子。後來，此地買得到台灣的冷凍水餃，樂得輕鬆，不再自己動手包餃子，自然更無須費心去學揉麵擀皮了。

沒想到空巢以後，經由二姊夫婦認識了一票北方佬，人人都能將手中的那根擀麵棍掄得滴溜轉，包子、饅頭、餡餅、花捲、蔥油餅等各種麵點應有盡有，揉麵擀皮包餃子更是不在話下。

二姊夫在自家後院大樹下種了一小片韭菜，長得茂密肥大。平日我們只會韭菜炒蛋，怎麼也吃不完，只能任其自生自滅。北方佬看到我們如此暴殄天物，搖頭嘆息之下，二話不說，立馬又剪又掐裝滿了大袋小袋，帶回家做韭菜盒子或韭菜餃子。

其後每當韭菜季節，三不五時，他們便吆喝著上二姊家剪韭菜去，並順便做餃子給我們吃。往往由他們帶來事先揉好的麵團，二姊現買上好的絞豬肉、鮮蝦和雞蛋，再由他們加上炒熟的雞蛋末、醬油、鹽、現摘現切的韭菜粒、大量香油和一枚生雞蛋，然後順方向大力攪拌，即是眾所公認最好吃的三鮮水餃餡。雖然我至今仍然搞不清楚他們所謂的「三鮮」到底是哪三樣？不過吃在嘴裡確實潤滑可口。

在非韭菜季節，若是嘴饞想吃餃子，他們便變換著花樣，以白菜、芹菜、葫蘆瓜、四季豆或胡蘿蔔搭配豬肉，或根本來個芹菜、豆干、木耳、香菇、粉絲和雞蛋的全素餃子。儘管各有各的風味，但總覺得不及三鮮水餃來得汁鮮味美。

雖然我只有打雜、包餃子和做甜點的份，也知道餃子看似簡單，但想要真正好吃並不容易。首先，麵要揉得、醒得軟硬適中，餡料要新鮮精細，口味鹹淡要拿捏得準，餃子皮要擀得大小厚薄勻稱。最後，怎麼煮餃子也有講究，不能稀裡糊塗地一鍋煮，一定要分幾回寬湯滾水蓋上鍋蓋，煮至餃子浮起呈半透明狀，然後盛起，趁熱就著剝好的蒜頭吃。尤其是第一盤剛煮好的餃子，大夥你一筷子我一筷子搶著吃時，最是妙不可言。此外，他們在吃完餃子以後，一定要再來碗餃子湯，說是「原湯化原食」。喝完了湯，這才算是畫下圓滿的句點，亦再次印證「好吃不過餃子」。

去秋，二姊退休搬至加州養老。臨行，夫婦二人依依不捨那片韭菜。二姊夫還特別叮嚀新的印度屋主，明春可要記著剪韭菜吃。我想他們心裡更不捨的是那一年數回的包餃子，賓主在洗切包煮間的閒話家常，才是最能牽動人心的。

除夕夜由溫暖的加州探親歸來，迎接我們的是遍地白雪和滿室清冷，不由興起「每逢佳節倍思親」的感傷。在飛機上錯過了晚餐時間，該睡覺時腹內飢餓起來，不想出外覓食，左右尋思下，記起節前有人送了我一包餃子。想到大雪天能吃上一盤香噴噴、熱騰騰的餃子，一時心情大好。

等到餃子端上桌，我左看右看就是覺得不對勁，餃子怎麼會如此紅通通的？一咬下去無論如何也拉扯不斷，細看發現是一團滲著血水沒有切細剁爛的豬肉，韭菜自然沒有，可是怎麼連芹菜或白菜甚至連胡蘿蔔都沒有？不鹹不淡的滋味更是腥羶得可以。望著這盤變了味的水餃，我不禁喃喃自問：「真的是好吃不過餃子嗎？」

（二〇一三年二月二十七日發表於《世界日報》副刊）

家宴會場

起死回生，克萊斯勒辦家宴

克萊斯勒汽車公司為慶祝國慶和公司起死回生三週年，在七月的第一個週末一連三天在底特律交響樂團音樂廳（Orchestra Hall），舉辦四場「從底特律進口的交響樂品牌」（Imported Symphony of Brands from Detroit）招待所有員工。這是先生在該公司工作十七年來的頭一回。

音樂會晚上八時開始，前一個半小時安排有新車展示和底特律美食試吃。一樓大廳展示了各品牌新車，亮麗流線的色彩造型一新眾人眼目。現場並有專人為大家拍照，照完立刻奉贈作為留念，非常周到貼心。

一至三樓迴廊設食物攤位，從熱狗、迷你漢堡、爆米花、巧克力餅乾、水果起司到各樣小吃甜點，可說是五花八門，琳琅滿目，礦泉水和罐裝汽水更是隨處供應，侍者和義工亦不時托著食盤穿梭服務大眾。男女衣著十分隨興，有人盛裝來，有人輕衣便鞋，處處流露著家庭派對的

底特律交響樂團音樂廳（Orchestra Hall）

歡樂與自在。

沒有大頭現身，也沒有政要致詞，音樂會準時開始。一曲既畢，WJR的名廣播人Paul W. Smith在底特律交響樂團指揮Leonard Slatkin的介紹下出場，擔任音樂會主持人和「林肯肖像」的旁白。林肯永垂不朽的名言：「正如我不是奴隸，所以我也不是主人，這就是我的民主理念，任何不同程度的差異都不是民主。」（As I would not be a slave, so I would not be a master. This expresses my idea of democracy. Whatever differs from this, to the extent of the difference, is no democracy.）從他嘴裡說出更顯得擲地有聲。

中場過後，主要以歌曲演奏配合形象短片介紹公司的七個品牌。首先登場的是克萊斯勒的〈迷失自己〉（Lose Yourself），這是在底特律拍攝的電影《八哩路》（8 Mile）的主題曲，慚愧的是我沒有看過電影，然而「你看，如果你僅僅只有一次機會來抓住你想要的一切，這一刻你會抓住它還是讓它溜走？」的歌詞觸動了我，也勾起了四年前的慘痛回憶。

密西根是個工業州，但只有汽車工業一枝獨秀；即使在全美經濟景氣年間，也因汽車銷售量起伏的特性，差不多每四年便會有一次不景氣，關廠、裁員的事時有所聞；但隨著銷售量回升，多數人都能復聘，影響不算深廣，久而久之大家視如潮水漲落，雖有驚慌但不致傷筋動骨。

然而，二〇〇八年的汽車工業陷入空前低潮，減薪、裁員、關廠和破產的各種謠言甚囂塵上。春末，我的工作單位喪失通用汽車公司大筆合同，年老技疏的我慘遭裁員，在一片裁員聲浪中根本求職無門。好在先生仍在工作，還有一口粗茶淡飯可吃。誰知不出半年的光景，爆發了次貸金融風暴，一舉將汽車工業徹底擊垮。克萊斯勒公司遂在當年十月向所有員工提出了優退方案，希望員工儘量自動離職或提早退休，因為公司前景難測。

其時，我與先生均不到退休年齡，不能動用退休金和社安金，而本身存款不豐，如果先生失去工作很快便會坐吃山空，尤其如果兩人均無健保，真正是危機四伏，朝不保夕。

許多老美生於斯，長於斯，世代為汽車公司效力，他們和汽車公司的感情非常深厚，難以割捨，但當大難來時也不得不紛紛求去，另做打算。然而，覆巢之下豈有完卵？密州經濟受汽車工業的影響而低迷不振，哪裡還有別的工作機會？外州情況雖然好些，但因房地產泡沫化，一條街上常有三五家房子掛牌待售，即使賤價求售亦乏人問津，如何能一走了之？

當千萬人為去留問題掙扎不已時，許多負面的聲浪亦隨之而起，甚至有人幸災樂禍地認為汽車公司向來浮誇浪費，應該任其倒閉。但批評的人卻沒有想過汽車工業是美國少數僅存的製造業，對美國尤其是密州經濟可說是一榮俱榮，一枯俱枯。絕大多數盡忠職守的員工，身處這空前的金融危機之中又是多麼的無奈無助！

我們每晚向神跪著禱告，但神既沒有開口說話更沒有顯出神蹟。直到感恩節前一天，也即是限期的最後一天，讀到「耶和華說，因為困苦人的冤屈，和貧窮人的嘆息，我現在要起來把他安置在他所切慕的穩妥之地」，眼前一亮，心下豁然開朗。什麼是「穩妥之地」？不就是在汽車公司做到退休嗎？

決定留下後，人事凍結、取消有酬加班、關廠和裁員等一連串措施接踵而來。由於人手短缺，一人要做三、四人的工作，每天早出晚歸、無酬加班外，還要擔心公司會不會倒閉。次年，通用和克萊斯勒汽車公司果然宣告破產倒閉，接受聯邦政府的貸款補助。通用是百年老店，聯邦政府不能坐視，提供了條件優惠的大筆貸款。但剛從德國人手下苟延殘喘過來的克萊斯勒就沒有那麼好運，要不是義大利飛雅特公司願意提供資金合營，聯邦政府很可能撒手不管，而拿到的高利貸款是有許多附加條件並須於限期內還清的。

有如大型購物中心的公司總部原有一萬多員工，裁到只剩五、六千人，餐廳生意一落千丈，停車場空曠不須與人爭車位。高速公路即使是上下班高峰時刻也不再塞車，路旁小店紛紛關門大吉，周遭景象一片蕭條，不知希望、出路何在？

一如〈迷失自己〉這首歌強調的，改組後的克萊斯勒有勇氣面對失敗，在逆境中堅持不放棄，抓住這唯一的機會拚命奮鬥，重新設計改進了多款舊車並推出了多款新車，兩者均受到好評造成熱銷，「二〇一一年超級盃」大賽中一句「從底特律進口」的廣告詞更是家喻戶曉。去年，公司終於在上下齊心下走出了困境，不但還清所有貸款還有盈餘，大多數員工亦已得到復聘，也才有了今晚感謝員工的交響樂盛會。感動之餘，我想「客來思樂」應是更貼切公司的中文譯名。

（二〇一二年八月五日發表於《世界周刊》No. 1481）

夢回大豆田

第一次在我的部落格裡看到「雨僧」這兩個字時，但覺眼熟卻想不起是何許人也。回訪之後才發現，原來「雨僧」就是六十、七十年代的名記者「徐喚民」，也就是《大豆田裡放風箏》一書的作者。此一意外發現讓我驚喜不已。對「徐喚民」這名字印象深刻，或許是她採訪的名人多、名氣大所致吧！《大豆田裡放風箏》這本書我沒看過，這書名卻歷四十載而不忘，豈不怪哉！

在與她文字往還不久，我自費出版了平生第一本散文集，並為文感嘆出書無門及費用昂貴，沒想到幾天後便收到了她的一封書信和百元支票一張。泛黃的「雨僧稿紙」上，豪邁蒼勁的書寫著她的小小心願——成立一個出版社，每年資助一兩位作者出版他們的第一本書，但目前因斷腿復健無法實現，只能消極地以買書和贊助書款跨出第一步。

看完她的來信，淚水模糊了我的雙眼。我不是她筆下「才華橫溢、認真寫作」的人，只是個年近花甲的職場失意者，為了排遣漫漫長日和抒發心頭怨氣才開始執筆為文的。身邊親友見我在退稿堆中屢敗屢戰，覺得我為了那區區數元稿費真是何苦來哉？自費出書更是愚不可及。現在總算有人懂我，卻是位素昧平生的有心人。

雖然這張支票從此成了我的案頭座右銘，但我們私下並無來往，只是偶爾到對方的部落格裡逛一逛，留一兩句話。無論她的隨筆或攝影均恬淡自適，含飴弄孫之樂更是溢滿篇章，這滿頭銀髮慈祥老太太的形象自然地深入我心。

今夏受到另一文友的鼓勵決定在台出第二本書。由於第一本書出得倉促，無人替我寫序亦無人可請，為了彌補這個心頭遺憾，這次便早早地盤算著如何請人寫序。想到她的贈金之情遂大膽請她為我作序，她豪爽地一口答應，我們也因此有了電話交流。

我的每一篇文章她都仔細閱讀過，並提醒我用字用詞不當之處，還要我筆下對家母仁慈點，不要實話實說「母親做的菜真是難吃極了」。即連我一筆帶過的開店小事也注意到了，從而聊起彼此開店的經歷。不同的是，她的中餐館一路賺到底，我的招牌店則是賠到關門大吉，至今提及仍不勝唏噓。而她的口中、筆下卻不帶絲毫煙火味，殊為難能可貴。

由於她的語調親切一如自家大姊，我不禁脫口而出：「雨僧姊您那本書還有沒有存書，能否送我一本？」她連聲說有。大喜過望之下我沒有多想，幾天後收到贈書才知道她漏夜由台購書空運寄來送我，如此的情深意重讓我無言以對。

打開袖珍書本，薰黃紙張透著懷舊氣息，字裡行間依然跳躍著屬於那個時代的脈動，當然還有時空改變不了的誠摯的愛國、愛家、愛鄉、愛人之情。

當她學成歸國時我尚未出國，不過我們卻先後走過美國中西部的大豆田，識得一望無際的大平原。雖然四十年前我無緣得見那愈飛愈高的風箏，如今卻有幸得識那雙放風箏的手，又何嘗不是美事一樁！

（二〇一三年九月十七日發表於《中華日報》副刊）

【親子親情】

父親的最後叮嚀

美諺云：「四月雨，五月花。」一點不假，年年四月總是細雨霏霏。雖模糊不了視線，沾濕不了衣襟，卻如我對父親的思念總也拂之不去。

父母的結合是典型的「父母之命，媒妁之言」，幸運的是，婚前從未謀面的兩人同樣是高個子，沒有女高男矮的尷尬。不幸的是，父親雖為軍人但自幼飽讀詩書，而母親不單是纏足再放的文盲，還比他年長三歲。從我懂事以來，只看到母親對父親的頤指氣使，和父親的唯唯諾諾，我始終懷疑他們之間是否真有感情。

上初中時，父親因先天性腎臟病住院開刀，醫生判斷，往後他即使注重飲食保養，也難逃洗腎的命運，更預言他頂多只有十年的壽命。因為當時台灣洗腎設備寥若晨星且是天價，無法負擔。

意外地十年、二十年過去，父親由於保養得宜，腎功能指數幾乎沒有什麼變化。七十五歲那年，他決定和母親最後一次來美探望兒女，以後便留在台北養老，不再出遠門。然而人算不如天算，腎功能偏就在旅美途中瓦解了。

當年在美國血液洗腎亦是天價，綠卡享有的醫療保險只能做腹腔式洗腎，一週二次，每次六小時，由我和二姊於上下班時輪流接送。由於父親體力消耗過巨，家人亦疲累不堪，不久改在家中自行洗腎，但線路管道經常扭曲堵塞，或因操作失誤而引起腹膜炎住院。幾年之間，頸部和腹部兩側都打了洞，以便插管洗腎。

由於洗腎和限制飲食的緣故，父親的胃口變得極差，從不挑食的他開始百般挑剔母親的廚藝。不思飲食造成營養不良，而營養不良又導致沒有胃口，如此惡性循環不已。於是醫生威脅他，再不吃東西就要住院插胃管強迫進食。他卻厭食如故，甚至連一絲油煙味都聞不得。

一日早上如廁後，父親發現便中帶血，非常驚慌。由於我和先生均已出門，便打電話叫來在附近上班的二姊緊急送醫。醫生先是懷疑胃出血，後來照X光，顯示肺部有陰影，又懷疑是肺部積水，再三檢查皆無法確定到底是哪裡出了毛病。

入院次日，父親即呈現高度亢奮現象，他圓睜雙眼瞪著天花板或對面空牆喋喋不休，和平日溫和少語的他判若兩人。說的有陳年往事，也有稀奇古怪的瘋話，更多的是對母親的怨言，大出我們的意料之外。

群醫會診也說不準他是因藥物過敏引發幻覺還是腦昏迷？如是過了一個多禮拜，腎臟專科醫生發話了，他認為父親年事已高，沒必要再這樣折騰下去，要我們考慮放棄治療。一旦停止洗腎，三五天後便會自然走人。

我們兄妹商量後，實在無法可想，只能聽從專家的意見，瞞著母親做出了停止洗腎的決定。怪的是，停止洗腎以後，父親反而逐漸清醒過來，也慢慢認得人了，不僅沒有胃出血的跡象，連肺上陰影亦自行淡去。幾天後，他完全恢復正常，只是他對病中的景況和說過的話，全然不復記憶。

時逢週日無法辦理出院手續，我和二姊便在醫院陪他。他不知看見了什麼，口中喃喃自語。我們完全聽不懂，只聽到他不時「啵」的一聲又一聲，既覺好笑又怕他會再度陷入昏迷。

回家當天，父親苦寒著一張臉，先是嫌開著暖氣的房間太冷，不肯脫去雪絨衣，繼而嚷嚷著要喝杯熱茶。我從台灣的烏龍、香片泡到大陸的龍井、普洱、碧蘿春、鐵觀音，沒有一杯是他滿意的。這和為我們兄妹夏天買仙草冰消暑、冬日買餛飩消夜的慈父形象，相去太遠。

由於住院兩個多禮拜未曾下床，復健醫生認為他很可能腿部肌肉萎縮，恐怕需要好幾個月甚至半年才能如常走路。沒想到一個月後他即行走自如地到教會做見證去了。

原來當日他神遊象外，在浩瀚無垠的宇宙中看到一位科學家正和一位哲人在那辯論宇宙從何而來。科學家從大爆炸論、黑洞論、進化論滔滔不絕地說起，哲人只用手一指，但見一個又一個的星系綿延沒有窮盡，一個宇宙之外又有一個宇宙，不知從哪裡來更不知往何處去。原來，那「啵啵」之聲即是宇宙中星球碰撞之聲。這無限的異象震懾住了父親，一生崇拜科學的他，不能不俯首承認天地間真的有一位創造主。

死裡逃生後的父親奇妙地恢復了味覺和對食物的熱愛，我們也不再對他的飲食設限。有趣的是，終身遠庖廚的他竟然開始和母親搶廚房，並挑戰她的廚藝。

未幾，健保同意讓他血液洗腎，在左手臂上裝了一條幾吋長的人工血管，青紫粗厚遠較暴起的青筋猙獰。每週洗腎三次，每次二小時。洗腎中心離家不遠，平日付費請老人中心派人接送，週末假日則由我們輪流接送。

洗腎中心的病友以黑人糖尿病患者居多，骨瘦如柴不說，且多為截肢者，形容、氣味皆令人不忍聞問。人工血管只有五年的壽命，到時便須重新動手術安裝。而一般血液洗腎者的平均壽命，不過七年。父親眼見病友的不時汰換和痛苦掙扎，難免兔死狐悲。

然而，徹底擊垮父親洗腎信心的並非病友，而是緣於一位父親老友的媳婦死在洗腎椅上。他覺得年輕人尚且熬不過，更何況他這個白髮人。死亡的陰影自此籠罩著他，對洗腎更是充滿了恐懼。次年復活節假日，他要求我送他去洗腎，並且要我一直守候在旁，不可先行離去再回頭來接他。頭一個小時他一切如常，到了第二個小時開始出現心律不整，後來心跳愈來愈快，而且體內缺鎂，醫生要我馬上送他到醫院急救。開車赴醫途中，我的眼淚不由自主地撲簌而下，預感此次父親將有去無回。

幾天後，父親好像有好轉的跡象，準備出院前一晚卻又突然惡化，半夜緊急洗腎，暫時穩住了鎂、鉀指數。次晨，父親清醒過來，看起來好像一切正常，醫生卻讓我們準備後事。到了下午，果然無端發起高燒來了。

囿於醫院規定一次只能有兩位訪客，直到下午四點多，父親高燒暫退，我才得以帶母親入內，探望父親。其時父親神志清明，說話如常。母親坐在病床床頭，二人臉色悲戚，但誰也沒有掉一滴眼淚。父親沒有說什麼感人的道別情話，只是反來覆去地交代母親：每天要記得按時吃藥，早晚要記得加件衣服，出門時要把皮包、拐杖拿好。躲在房角的我默默流淚，待聽到父親要求母親替他換上那套寶藍色西裝好去做禮拜時，不禁淚如雨下，哽咽不能成言。卻不料，就此錯過了與父親話別的最後機會。

明知回天乏術，但身為獨子的哥哥認為不做最後的電擊難盡孝思。當醫生做準備工作時，父親要求我帶母親到餐廳吃晚餐。待我們回來時，父親雙目半闔，嘴唇微張，看似睡著了，其實心跳曲線已成直線。我不知他是否聽到了我和母親的最後呼喚……

也許父母之間並沒有我嚮往的浪漫愛情，即連最後的叮嚀亦平淡無奇，他只是默默關懷著母親的所有生活瑣事，最後甚至要確定母親吃了晚餐後，才肯闔眼。

（二〇一三年六月二十九日發表於《世界日報》副刊）

湖北魚丸與粉蒸肉

兒時家貧，一日三餐不外乎青菜、豆腐。我認為母親做的菜除了一兩樣，餘則乏善可陳。萬想不到母親卻在台灣和美國各留下了一道名菜，讓親友懷念不已。

小三時母親為了替大姊坐月子，向掌廚的祖母學會了做湖北魚丸。次年祖母即安息主懷，母親便成了這項絕活的唯一傳人。湖北魚丸雪白圓潤，入口即化，且能滋補人，風味迥然有別於市售的台式魚丸，在鄰里中造成口碑，經常有人請求母親代為製作。

只要是母親做魚丸的日子，也就是我厭惡、噁心的日子。那些官太太通常是將一尾活魚（青魚或鰱魚）送來旋即走人，於是小腳的母親不得不放下一切家務，蹲坐在簡陋的水槽邊殺魚、去鰓、刮鱗和清除內臟。那滿地滴落的血水、四散的魚鱗及空氣中飄散的血腥味，雖經半世紀的時空轉換，仍是我腦海中揮之不去的厭惡景象。

清洗之後，須將腹背兩片魚肉小心完整地剔下，然後用刀將魚肉一點一點仔細刮下來，接著用刀將魚肉剁得細極、爛極，甚至不帶一絲雜質。往往這時年過半百的母親已現疲態，有時會要求我幫她剁魚，或指使我做這做那，惹得我一肚子不高興。因為又不是做給我們自己吃，還要我幫忙！

接著加入剁得極細的薑末、蔥末和細鹽及料酒，用手攪拌摔打直到均勻濃稠。我沒有這份手勁，更沒有耐心，因此，這一步驟母親從不假手他人。

我唯一喜歡看的是最後一個步驟。母親右手拿著磁湯匙，把用左手虎口擠出的魚丸子舀入滿鍋溫水中，於是，一個個珠圓玉潤的魚丸有如朵朵盛開的白荷，浮滿水面，散發的香味引人饞涎，卻一個也不能到口，因為母親一一數過，好向人報數。

最令我不滿的是，晚餐桌上只有一碗紅燒魚皮、魚骨，只偶爾會有幾個破損殘缺的魚丸。魚丸本身沒有什麼濃彩重墨的滋味，有的只是魚肉的鮮美和葱薑的清香，質地綿軟細密，對年少的我來說，倒不如紅燒肉來得實在，更不曾體諒母親大半天無酬工作的辛勞。

父母定居美國後，高齡的母親還想著做魚丸給我們吃，但我們所住城市買不到活殺的青魚或鰱魚，用美國魚排做出來的魚丸完全走樣，試過幾次以後，只好放棄。我一向厭惡做魚丸帶來的血腥髒亂，絲毫不覺可惜。

直到母親過世，有國內來的湖北老鄉請大夥吃自製的湖北魚丸，眾人為之驚豔不已。只有我知道，那滋味遠遠不及母親的魚丸於萬一。於是，湖北魚丸在我的回憶中慢慢變得溫馨起來，卻已真正成為絕響。

粉蒸肉是母親喜愛的年菜之一，雖然平日吃不到，但因其油膩軟爛，又因母親醬料放得多，色黑味鹹，加上一蒸再蒸直如一灘爛泥，讓我胃口倒盡。但母親不然，即使美國豬肉不及台灣的鮮美，她仍然愛吃愛做，也不再只有過年才吃得到，不過將台灣五花肉換成了美國小排骨。

老年團契每月一次的聚會，如果輪到父母作東，母親必然蒸上一大鍋的粉蒸肉。雖不像做魚丸那樣費盡功夫，但母親堅持軟爛，非蒸至骨肉分離、蒸肉粉爛如稀飯不可。因此常常一蒸就是四、五個鐘頭，除了不時要記得加水外，還弄得一屋子熱氣蒸騰。對此，我除了抱怨，從不曾稱讚過母親。

說也奇怪，那些禁忌油膩的長者個個愛吃，而且每次都吃得碗底朝天。對眾人交相的稱讚，母親笑如春花燦爛也愈做愈來勁，連我的朋友聚餐也要獻寶一番。想不到這些怕胖的中年人也愛吃。

等到我慢慢老了才明白，老年人愛吃是因牙口不好，軟爛的粉蒸肉易於咀嚼，鹹重的口味正好刺激退化的味蕾；至於中年人大概平日節食過度缺乏油水，同時也怕弄髒廚房不願花四、五個小時去做粉蒸肉。

如今父母均已回歸天家多年，那些長者多已凋零，我的朋友亦已星散。儘管我做的粉蒸排骨，無論色香味均勝母親當年一籌，但此地親友懷念稱道的卻仍是母親做的粉蒸肉。我想，也許只因那思鄉懷舊之情無可替代，更也許是因為我永遠也蒸不出母親的那一鍋溫情吧。

（二〇一二年四月十日發表於《世界日報》副刊）

酒紅長大衣

冬日氣溫驟降，開著暖氣仍然嫌冷。拉開玄關壁櫥想找一件夾克穿上，翻天覆地找了一遍，結果夾克沒找到，卻在壁櫥死角發現了一個吊掛的長塑膠袋，打開一看赫然是那件酒紅長大衣。多年未穿，色澤依舊，只是小翻領、直腰身、單排隱藏釦的式樣早已過時。

早年上教會，大夥都很注重穿著，我那件老舊的黑呢長大衣，在眾女士們的各式長短毛呢大衣之中，顯得異常寒磣。先生便老是叨唸著要替我添購一件漂亮的新大衣。等到兒女大學畢業自立，終於償清學貸以後，他信守諾言，決定送我一件新大衣當聖誕禮物。於是，我喜孜孜地挑中了這件中價位的酒紅長大衣。

其時，父親雖已去世多年，不過母親仍然健在，維持家庭傳統，兄妹三家人照舊在一起共度聖誕。那年母親住在二姊家，但輪到在我們家過節，聖誕大餐之後便是拆禮物的高潮時刻。由於大衣又長又大無法包裝置於聖誕樹下，我便將大衣留在店家附送的塑膠袋內，當夜打開攤在沙發上讓大家看。母親瞇著眼就著燈光撫弄良久，臉上沒有什麼表情，亦未置一詞。由於她對衣物素來挑剔，我便不以為意。

沒想到，過了幾天去接她上教會時，她突然有了意見。她說她的大衣被人調包了，我身上的這件酒紅長大衣是她的，掛在二姊家壁櫥內的那件咖啡色長大衣才是我的。一聽此言，我當下傻眼——全新的大衣怎能和穿過五六年的舊大衣混為一談呢？雖同為呢料，但顏色、品牌、價碼和式樣全都不一樣。偏偏她不識字，看不懂白紙黑字的收據，不知如何才能證明自己的清白？更惱火的是，我愈解釋她愈堅持，不管怎麼說，就是認定我偷換了她的大衣。不禁讓我想起數年前的一樁舊事來。

那時流行黑呢短大衣，教會裡的老太太們幾乎每人都有一件，顏色、質料、樣式及大小非常相近，成排掛著，不仔細分辨，還真的容易穿錯。有一回做完禮拜，母親發現她的大衣被人穿走了，架上只剩下一件近似的。但她十分肯定那件不是她的，因為口袋裡雖然也有衛生紙但沒有她慣用的絲質圍巾和手套。最明顯的是大衣上有股濃重的菸味，而我們全家無人抽菸，哪來的菸味？當即向教會報告。但因人都走光了，加上外面天寒地凍，只好勸她先將此件大衣穿回家，待下週再換回來。未料過了無數個下週，均無人認領。也許這只是一個臨時路過的人的無心之失，母親卻為此耿耿於懷。儘管後來父親替她買了咖啡色的長大衣，還是不能忘情她的黑呢短大衣。

往後，母親只要看到我穿著這件酒紅長大衣，便垮著臉說我偷了她的大衣，然後我便氣呼呼地和她爭辯，我穿的是自己的大衣，不是偷她的。

母親原來生得比我們姊妹高大，衣服尺寸總比我們大個兩三號，卻在父親過世後暴瘦，體重比我們輕，衣服尺寸變得和我們一樣。往日，我還能用衣服尺寸表示自己的無辜，現在卻是百口莫辯。一氣之下，我將只穿過幾次的大衣束之高閣，從此不再穿著。

想當初，母親分辯那件黑呢短大衣不是她的時，說得多麼入情入理，怎麼會在父親過世後，如此誣賴自己的親生女兒呢？我以為她真的是老糊塗了。直到數年後才明白，她的多疑和誣告全是老年癡呆症作祟。

不等她平反我的不白之冤，她即將所有的長大衣、短大衣全都忘了。末年不良於行，連教會也去不了了，每天只有吃喝拉睡。當然在藥物控制下，亦不再多疑和誣告，只是那木然和漠然的神情教人不忍卒睹。

在聖誕前夕驀然重睹那件酒紅長大衣，心如針扎。後悔自己當年為什麼非要和母親分辯個水落石出不可？既然她喜歡，為什麼捨不得割愛，送給她當作意外的聖誕禮物呢？

（二〇一二年十二月十五日發表於《世界日報》副刊）

甘於平淡，樂當路邊鼓掌的人

在網上一再看到〈我想成為坐在路邊鼓掌的人〉這篇文章，對那位中等生母親的心情我感同身受。一天再次閱讀後忍不住轉發給了二姊，沒想到她很快地回道：「咦！這不就是你家女兒嗎？」看到這句回應，一時倒教我愣住了。

〈我想成為坐在路邊鼓掌的人〉文中十五歲的女兒，班上有五十個人，她卻永遠排名第二十三，因而有「二十三號女生」的雅號。她自己不以為意，每天熱心助人，快快樂樂地過日子。但看在父母眼裡頗不是滋味——為什麼別人的孩子不是數理天才便是英語高手，個個有拿手的才藝和遠大的抱負，而自己的女兒只想做個幼稚園老師和賢妻良母，沒有任何可以在人前炫耀的地方？

直到有一天，老師告訴她的父母，在一次問卷調查中，樂觀幽默的她，被全班四十九人公認為最欣賞的同學，並有多人建議由她擔任班長。師長感嘆她成績普通，做人卻有如英雄般成功。埋頭織圍巾的她卻淡然表示，她不想做英雄，只想成為當英雄路過時，坐在路邊鼓掌的人。

做母親的這才幡然省悟：甘於平凡的女兒有什麼不好？她善良、溫柔、敦厚，會是個賢妻良母，能過上她想要的幸福日子，又何苦追循別人的腳蹤？

女兒是在我失業潦倒時生的，她胖乎乎的臉上總是笑口常開，也不像兒子小時經常哭鬧，因此我對她十分鍾愛，亦因自己的失意對她期望甚高。

上小學時她經校方測試列為資優生，但她除了話多以外並無任何傑出的地方，雖也喜歡唱歌跳舞和鋼琴，但每一樣均表現平平。其時我因工作不快憤而辭職開了家連鎖店，由於不擅經營每天為生活掙扎得頭破血流，完全沒有時間、精力管教孩子，只能讓他們任憑年老多病的外公外婆放牛。脾氣急躁的兒子倒是按時繳交作業不用我操心，成天笑咪咪的女兒卻不知將多少作業扔進了垃圾桶，而我渾然不知。

等到小店關門大吉，女兒已是初中生了，生活習性、思想模式大致定形，她沒有任何勝負觀念，也無絲毫競爭心理，所有有關競賽的活動一概謝絕，一本初衷只想將來當個家庭主婦。每天放學後不是抱著小狗在陽台上看小說閒書，便是在琴房裡自彈自唱地悠閒度日。即使在青春叛逆期對物質也沒有多大的慾求，還是和小時候一樣，只要一個髮夾、一本小書或一個冰淇淋就能讓她開心不已。

在她求學期間，我最怕的便是參加學校的家長會和華人聚會。別人家的孩子學業成績A＋不說，善跑善泳，會畫會說（辯論），能彈（鋼琴）能拉（小提琴）能吹（長笛），電腦玩得一把罩，好像天下就沒有他們不會的東西，至於獎狀、獎牌、獎盃家裡多得無處可放；而我卻坐在那兒，除了羡慕之外完全無話可說。

高中時，當別的孩子穿梭於各樣才藝、學業補習班和為申請名校摩拳擦掌時，她仍然只熱衷於唱歌跳舞。除了芭蕾舞和學校合唱團之外，又與教會裡三位愛唱歌的女孩子組成了女聲四重唱，到各教會獻詩。

每年舞蹈班和學校的歌舞劇公演，無論多小的龍套角色她都要躋身其中，歡歡喜喜地參加排練。這對不會唱歌跳舞的我來說實在不可思議。幾次告訴她：「既然從來沒有獨唱、獨舞的機會，何苦擠在人群之中當個活動道具？與其浪費光陰排練，不如好好念書爭取好成績。」

作者女兒與三位死黨在朋友的婚禮上獻唱

出乎意料的是，同樣喜愛音樂歌唱的先生，對女兒的歌舞才藝深以為傲，全力支持她的興趣，兩人都不認為跑龍套有什麼不好。她更自認三點七五的GPA足以進入密西根大學（University of Michigan）就讀。豈料那年密大修改政策，提高在地生的門檻，廣收外州生，女兒不得已只能進入密西根州立大學（Michigan State University）就讀。

心想：資優生的她經此打擊應該能夠在二流大學裡大放光芒！哪知她「江山易改，本性難移」，不管到哪都是得過且過，將所有的鋒芒都留給了別人。唯一安慰的是，她聽進了我說的一句話，就是：「每個人都要有一技之長才能獨立生存。」所以，她主修了會計，並在拿到碩士學位一年後取得了會計師執照。然而，在求職時又犯了她凡事無所謂的傻勁，在拿到了第一個面試第一張聘書後便不動如山，怎樣也不肯再試試別的機會。在婚姻方面亦如是，碰到了第一個男朋友即死心塌地地嫁給了他。

女兒這一路走來，雖沒有高潮迭起也還算平順，尤其是她和所有朋友的友誼始終歷久彌新。四個女孩時至今日仍繼續受邀在朋友的婚禮上獻唱，並維持著一同欣賞偶像歌唱團體演唱會的慣例。高中同學雖然分散各地，但每年都要想方設法敘舊。在她結婚生女時，朋友更是搶著替她辦茶會。其中最讓我感動的是她和珍妮的友誼。

提起珍妮一家，在我們所住的小城是赫赫有名，一門三女一子個個是天才，在學校裡都是叱吒風雲的紅人，任何學業、才藝頒獎場合，只要有他們姊弟在，其餘人等都只能靠邊站。

不幸的是，我家和二姊家的姓氏和珍妮家是同一英文字母，二姊女兒和珍妮大姊同學，二姊兒子和珍妮二姊同學，我女兒和珍妮是資優班的同學，不管何時何地都在他們姊妹的陰影之下。

起初我以為女兒有此良朋益友至少近朱者赤，能激起她一點爭強好勝的心。豈料她不像我這樣小人肚腸，非但沒有一絲一毫的自卑、嫉妒或不爽，反而對聰明好學的珍妮推崇備至，更為她的成就感到高興、驕傲，同樣喜歡閱讀的她們更不時交換閱讀心得。

畢業後學醫的珍妮經常在世界各地飛來飛去，但每隔一陣子兩人都要聚上一聚。女兒結婚時她飛來當伴娘，懷孕中她飛來替她辦理茶會，生女後她飛來看孩子，可見友情深厚。

作者女兒一家三口

每當我看到女兒一家三口幸福的生活照時，常想：「接受美國教育的女兒，其實比深受中華文化薰陶的我更懂得生活。」美國教育鼓勵閱讀，崇尚自由發揮，不以偏概全。女兒有很好的邏輯觀念，能獨立思考分析，有組織能力，無論口頭、書面報告均結構嚴謹，條理分明，最難能可貴的是她甘於平淡才能自得其樂。況且如果人人都站在舞台上，台下無人鼓掌喝采又有什麼意思呢？

（二〇一一年七月三十一日發表於《世界周刊》No. 1428）

外孫女的第一個聖誕節

去年輪到女兒回娘家過感恩節，到婆家過聖誕節，但因住加州未婚的兒子要回家過聖誕節，女兒答應在聖誕、新年期間抽空回來一、兩天。

我們三人在家過了一個寧靜的平安夜，聖誕樹下不多的禮物未拆，想留待女兒回家後再拆。聖誕節早上，女兒打電話給我報告一切平安，更高興地說起不到三個月大的小外孫女在婆家有如眾星拱月，而她也不時咿咿呀呀地歡然出聲，好像十分享受大家庭的熱鬧氣氛，讓我更加思念她，恨不能早日見到她。

沒想到，晚上八點多又接到女兒電話，這次她語帶焦慮不安。原來他們暫住的女婿大哥家的車房起火，大人小孩共三十餘人全都疏散到了馬路上。由於事出突然，許多人來不及穿鞋子和外套，便逃到了天寒地凍的室外；女婿忙著安撫內疚的大哥，她則抱著外孫女借坐在鄰居的車內給我打電話。

天乾物燥，火勢蔓延得很快，車房內的兩輛車子及女婿和他姊姊停在車道上的車子當場全毀。消防車趕到時房子已幾乎燒去一半，所幸沒有一個人受傷。親友們或遷往附近的親家家裡，或入住旅館。女兒一家此時沒有車子，行李亦不知所終。所幸女婿機警，衝出現場時一手抱著外孫女一手抓起一堆外套，並不忘交代女兒穿鞋子和帶上外孫女的嬰兒汽車座椅。女兒在慌亂中抓起嬰兒汽車座椅和尿布揹袋便衝了出來。結果，他們自己的外套不在其中，女兒還錯穿了一隻別人的高統靴，好在出來後找到靴主互換了過來。除了身上衣服外，只有女兒放在尿布揹袋中的手機和皮夾子得以倖存。

先生聞訊後馬上和兒子開車前往距此二點五小時車程的G城接他們回家休息，我則忙著收拾房間，準備吃食衣物。半夜一點多面有倦色的女兒女婿回到家中，談起火災經過心有餘悸，只有外孫女半躺在嬰兒汽車座椅內睡得香甜，完全不知道外面剛剛經歷了一場有驚無險的火災。

女婿家共有三子二女，除了最小的弟妹外均已成家生子，不過只有大哥一家和父母同住一城，餘皆分散各地，這次是多年來第一次湊齊全家老小在大哥家過聖誕節。菲律賓人好客，又邀請了親朋好友共進晚餐，自然少不了菲律賓人拿手的烤肉。大哥是烤肉老手，烤完熄火後照例將烤肉架推放在車房內。可能是推得急些，以致烤肉架緊貼牆壁，又偏偏是一面木板牆，做夢也沒想到餘灰中的星星之火竟然釀成了火災。

車房內沒有警報器，又逢佳節，屋內飲宴作樂，根本想不到外面會出事。萬幸的是，女婿姊姊去車上拿東西，這才發現車房起火。鄰居也已先一步報警，否則再遲個幾分鐘，除了車房只有一個房子出口的現場後果不堪設想。

外孫女的尿片、奶粉、奶瓶、嬰兒用品及我們送的摺疊式嬰兒床均付之一炬，好心的鄰居剛好有四個月大的嬰兒，便送了幾個尿片、兩個奶瓶和一些奶粉供她晚上應急。我急忙拆開聖誕禮物，湊巧有二姊送我的一件毛衣和一套睡衣，女兒正好派上用場，兒子留在家中的一套雪衣則解了女婿的燃眉之急。

看到他們的窘相，做外婆的我只好拿出存了一年的私房錢讓他們添購衣物鞋襪必需用品。次日，女婿借開先生的車回家探望，兒子陪著妹妹採購，亦買了摺疊式嬰兒床給他的第一個外甥女，表現了兄妹情深的一面。我們兩老則在家含飴弄孫，也算是意外之樂。

兩天後，女婿帶著女兒、外孫女回去探望他父母和大哥全家，也帶回了最新消息：保險公司已著手處理房子、車子的理賠部分，並替他們暫租了汽車旅館，至於房屋內的財物大概無法求證而得不到任何賠償。不管是否有賠償，這精神上的折磨和生活上的不便也是夠受的。

房子是多層次的老式建築，有些房間未被火勢波及，東西得以保留，不過屋頂幾乎全毀，加上噴水救火，東西即使倖免於火焚也是水淋煙薰面目全非了。他們的行李箱經過煙燻火燎不得不丟棄，裡面的衣服希望多次清洗後可以去除煙味還能穿著。

驚喜的是，找到了女婿的皮夾子和二人的iPad，不用擔心駕照和信用卡遭人拾獲冒用，更無須報失重新申請。雖然iPad套子破損但iPad仍然完好可用，外孫女的成長紀錄得以保存。遺憾的是親家母送給外孫女還未上身的紅色聖誕洋裝和皮鞋皆縮水變形報廢。

最可愛的是女婿大哥的七歲長子，火災之後他沒有心疼剛剛到手的大批聖誕禮物，反惦記著他的學校書包和寒假作業是否被燒毀。

衣物、錢財皆屬身外之物，也都能失而復得，唯有生命、親情是無可替代最最寶貴的，想不到小外孫女的第一個聖誕節即上了珍貴的人生第一課。

小天使報到

女兒二度有喜，親友紛紛祝福她這胎能夠一舉得男，湊成一個「好」字。女婿雖將寶貝女兒視若掌上明珠，但從他帶著女兒打球和玩遙控車的舉動上，可以看出他其實是盼望一個兒子的。

我們都期待著先開花後結果，從女兒的氣色和肚形上看不出端倪，後來憑藉超音波得知是個女娃兒，親友聞訊恭喜的語氣似乎就不那麼熱絡了。

弄璋、弄瓦之說源出《詩經》。璋為美玉，期望兒子既有玉般的品德又能封侯拜相，光宗耀祖。瓦為陶紡輪，只要女兒能善於女紅，將來能夠相夫教子便算是不辱沒娘家了。這種說法完全反映了古代男尊女卑、重男

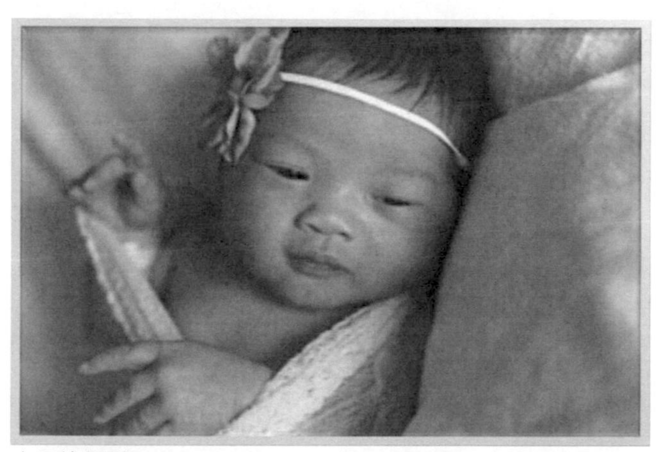

小天使報到

輕女的時代背景和社會民情。如今，雖不敢說女人已撐起半邊天，但每家的兒子、女兒都是一樣受寵愛的。

照說我是不應該悵然若失的，因為小時候生長的眷村，無論左鄰右舍都是陰盛陽衰，我們一大票女生最常抱怨的便是父母重男輕女。依照美國習俗，只有頭生嬰兒才有嬰兒送禮會（Baby Shower），於是我刻意不向外人提起女兒懷孕的事。女兒自己雖有些許失望，但因長女活潑可愛，很快便調適好了心情，歡歡喜喜地迎接即將來到的次女，倒是我這個外婆私心希望超聲波有誤。

一位好友的女兒在生了一個女兒後，隔了四年再度生育，身為獨子的先生非常渴望這胎是個男的，可是照超聲波時嬰兒的雙腿怎麼也不肯張開，於是醫生預測這胎七成是個女的，沒想到分娩時卻發現是個男的，事隔多年這位先生每當提及此事時仍是喜不自勝。可見，人心都是期望一個「好」字的。

去年冬季芝城多雪酷寒，女兒女婿愈發懷念溫暖的亞特蘭大，一時興起決定產假結束後搬家南下。然而，計畫永遠趕不上變化，女婿很快找到了新工作，公司無法久候，只好先隻身前往就職。

誰知他到差的第一天女兒便開始陣痛，晚飯過後陣痛加劇，不得不急忙打電話請他回來。此時我這待命的外婆發揮了最大效用，拎著大包小包拖著外孫女，開車送女兒去醫院。一路上我忽地想起母親那年代女性在逃難途中生產的艱難情況，而兩歲半大的外孫女卻興奮得像要出門度假似的，幾代人的命運際遇有如天壤之別，讓人感觸良多。

妹妹十分合作，耐心等到午夜爸爸趕到後才肯出來見人。彎彎的眉眼和微塌的鼻頭及小嘴均神似姊姊，面龐略小但一樣有個小酒窩，一頭黑髮濃密更勝姊姊。我抱著她時，她忽地睜開了雙眼對著我猛瞧，還露出微笑。我頓時感動莫名，這世間又多了一個小天使！

（二〇一三年六月十七日發表於《中華日報》副刊）

大小天使

【浮生偶感】

浮光掠影

去年冬季美中大雪一場接著一場，由書窗望向後院始終是一片灰天白地，了無半點生趣。

難得雪後初晴，天空藍得如同水洗過般澄清透明，沒有一絲雲，不見一點風，映照著雪地分外純潔無暇的白。

憑窗望向枯林深處想要尋找群鹿嬉戲的身影，意外發現枯林地上不再是一片單調的雪白，原是舉手問天之姿的枝枝細直空幹在光影的撥弄下，在這片白色畫布上揮灑出各樣抽象、幾何圖案。

南邊無數淺藍樹影化身柔和的曲線，由枯林深處如小河淌水般往北奔流，忽高忽低地彼此追逐交會復又各自分流，清脆的水流聲彷彿就響在耳邊。

雪上圖案

熙熙攘攘流出林子後，越過我家木陽台上的雪丘，穿過成排的鄰家後院，不再是淺藍的涓涓細流，而是緩緩拍打白色沙灘的海藍波浪。不是驚濤駭浪，只是靜靜地一波去了一波又來。

空曠處是起伏的白色沙漠，其上的藍色紋路如同風沙縱橫迴旋，幻化著無窮的沙丘風貌。近處粗顆粒的積雪在陽光下閃耀生輝，泛著魔幻般的藍光，又好似置身鹽田，鹹濕的味道透窗而來。

當氣溫回升、積雪微融時，則似打翻了碩大的藍莓冰沙桶子，藍色蜜汁澆頭如絲如帶滲入冰沙，冰甜微酸的滋味在記憶深處刺激著味蕾。

碰上晴時多雲的日子，雪地畫布的基調則由藍轉灰，深淺粗細的灰色曲線形成大理石似的紋路，冰冷中帶著華貴，教人不知該雕琢些什麼才好？

等到日影西斜或是雲層轉厚，那深灰淺灰便淡化成了潑墨畫，逕自有了「疏影橫斜水清淺，暗香浮動月黃昏」的意境，可惜此時此地非但無梅，甚至連一絲綠芽也沒有。

若是太陽完全隱去，潑墨畫就只剩卜畫布上的水痕，若有若無的難以分辨，最終連這模糊的水痕都無可尋覓，眼前依舊是一片灰天白地。

想人生中的所有燦爛輝煌和黯淡失意，終將湮沒在時間的長河裡，然而時間的長河只不斷地往前流逝，從來也沒有留下過任何浮光掠影。

（二〇一一年三月二十四日發表於《中華日報》副刊）

雨濕陽台

又是人間四月天，儘管美中依然一片蕭瑟，尚未從隆冬中甦醒，但西諺有云的「四月雨，五月花」並未因此遲延。連天的綿綿春雨，雖然沒有染綠枯枝殘林絲毫，卻將枯黃的草地滴答出了斑駁的綠意，方始悄悄透露了些許春的消息。

坐在門窗緊閉還開著暖氣的室內，不易察覺纖細的雨絲，亦聽不到雨絲的低語。只有站在落地窗前，面對濕漉漉的木製陽台才能感受到春雨的淅瀝。

二十餘年前陽台新建成時上過一層桐油，原木板上泛著一層黃亮亮的色澤，非常賞心悅目。陽台大致呈四方形，西北角低下一階作為八角平台，高低兩層木板橫直對立，兩株野核桃樹由八角平台中心穿出，天然形成一把巨大的遮陽傘覆滿陽台。

夏日午後，女兒喜歡躺在涼椅上看小說，小狗Dino則趴在陽台上曬太陽陪她。更多的是，親友往返時，在陽台上烤肉歡聚。

曾幾何時，在陽台上吃肉喝茶的父親、大姊夫、二姊夫、通家好友蕊、蕊的母親與公婆都相繼走了；在陽台上追逐嬉戲的侄子、姪女、兒子、女兒亦先後離家自立；甚至連Dino也用不著再曬太陽了。熱鬧一時的陽台便就此冷落了下來。

陽台上的雨畫

多年來陽台承受著風霜雨雪的侵蝕，早已年華老去，雖曾多次抽換木板、清洗上漆，新舊木板色澤參差不齊，總不復當年的光鮮。

白天一人在家，即使大好晴天我也不曾注意過陽台，更何況濕冷的雨天？但今年是父親逝世十五週年，格外思念在復活節發病住院終告不治的父親。

我常站在他生前常坐的搖椅旁，猜想著：他在喝茶看報之餘，是否會偶爾望向落地窗外，注視著陽台動靜？參天的核桃樹枝幹杈枒，樹皮烏黑剝落，在陰暗天色下十足的老態龍鍾。然而，這糾結的樹姿倒影在雨中陽台上，卻別有一番朦朧的美。

濕透了的陽台除了原有的黃褐色外，竟意外泛出了帶綠的淡淡青光，宛如一張大大攤開的泛黃宣紙，不經意打翻其上的藏青、靛藍，迤邐渲染出一片天光水色。纖細橫斜的枝影，模模糊糊地融入這片天光水色之中，自如被繪筆渲染的寒梅與飛絮，引人浮想聯翩。

雨絲漸密轉疾，在陽台木板上激起圈圈漣漪。凝神看久了，發現圈圈漣漪中不單有父母的笑臉，有兒女的笑臉，還有新生的外孫女的笑臉。笑臉重疊著笑臉，一如漣漪散了又聚，聚了又散，恍悟思念和生機原是如此地生生不息。

（二〇一一年四月二十三日發表於《中華日報》副刊）

不一樣的結局

週六下午淅瀝的雨點開始轉化為濕重的雪花，到了晚上只見一片白茫茫。天寒地凍，不便出門更沒有訪客，甚至連電話都不曾響起，又一個寒冷寂寥的週末夜晚。翻來覆去地在電視上換台，就是沒有什麼節目可看，不經意轉到一台正打出電影《冰上城堡》（Ice Castle）的片頭，決定就看它吧！

這部一九七八年的電影，導演、明星我都不認識，片名亦未聽過，倒是主題曲好像有些耳熟。故事情節很簡單，十六歲的愛荷華州鄉下少女Lexis自幼喜愛花式溜冰，但鰥居的父親並不鼓勵她朝這條路上走，只有曾為花式溜冰選手的破落溜冰場主人Beulah，認為她有天賦而加以訓練。不過，以Beulah的實力無法讓她成為世界級的選手，遂極力說服她的父親讓她參加地區性的比賽。

她在比賽中的出色表現吸引了世界級教練Debora的注意，儘管她缺乏正式訓練且已超齡（長於十五歲），但不忍見天才被埋沒，還是願意培養她於三年後問鼎奧運。同時，體育記者Brian也對她情有所鍾，展開熱烈追求。

離鄉背井加上沉重的訓練比賽壓力，Lexis和近水樓台的Brian產生了情愫。在一次比賽結束時，坐在觀眾席上的高中同班男友Nick目睹她和Brian擁抱親吻後，不顧她的追喊黯然離去。

夾在新舊戀情中的她非常徬徨痛苦，當眾人歡度聖誕新年時，她獨自溜出了宴會大廳，在露天溜冰場上落寞滑溜。卻不料，一個躍起轉身，落下時意外被電線絆倒，頭部撞上了閒置的鐵製餐桌椅。這一撞不僅撞碎了她的奧運夢，更撞壞了她的視力，連醫生都不知道她何時能恢復視力。

我和先生趁著廣告時間猜測電影的結局。我認為傷心的她，應該回到父親身邊，能夠重拾舊情固然很好，如果不能也應在親情的幫助下由絢爛歸於平淡，做個平凡的人安穩度日。

邊看電影邊打瞌睡的先生，此時卻口沫橫飛地發表高見，肯定是愈挫愈勇的感人結局，她不但會回家養傷，更會回到舊愛身邊，在親情和愛情的鼓勵下，重新出發並攀上成功的巔峰。

不可否認，這是百分之百的純商業電影的角度，然而電影本身也真的是如此編演。更聳動的是少女的視力並未恢復，躲在閣樓裡自憐自棄，卻在舊愛的逆向操作下重回冰上，由舊愛和老教練訓練出聽音辨位的本領，風光復出，贏得比賽勝利，更贏得萬千觀眾的喝采。網路上有人留言此片曾為他們高中時最喜愛的影片之一。

看在「少女情懷總是詩」的高中生眼裡，這或許是一個很美的愛情故事，只是如今不僅我自己連女兒都過了「少女情懷總是詩」的年紀，這樣的電影結局就讓我覺得有反思的必要——如此唯美的結局是否會誤導孩子們？兩個高中都沒有畢業的美國孩子能懂得什麼是人間疾苦？什麼是天長地久？又拿什麼來相互承諾彼此的一生？

在青光眼和嚴重乾眼症的的夾擊下，我每天要點好幾次不同的眼藥水，行之有年，還是不時忘了點眼藥或點錯了眼藥，甚至不記得到底點過了沒有？先生雖常常幫我去拿藥，但從來不知道我點些什麼藥？為什麼點？有何作用？想要靠他提醒我點眼藥，更是連門兒都沒有。

但這並不表示他不在乎我、不關心我，而是，這些都是日復一日的生活瑣事。我雖然近視、老花，視力不佳，但還看得見，有行為能力，凡事都能自理，至於眼睛的乾澀刺痛和連帶的頭痛、頭暈、怕光、怕風，光看外表他人是無從體會的。我不須從事任何體能活動，但只是平常的看書、看報、看電視、用電腦都不能隨心所欲，更何況是講究聲光速度和高度技巧的花式溜冰？

電影的女主角視力嚴重受損，從她眼中看出去只見灰濛濛的一片，連個模糊的人影都看不見，內心的驚恐、沮喪、掙扎和挫折感不知是怎樣地刻骨銘心？往日的掌聲、光環均跌入黑暗，才十六歲的她能不傷心失望、不自暴自棄嗎？

多少冰上好手經年累月的苦練，卻終其一生都不能摘冠，一個外行的男友竟能讓幾乎全盲的女友，重登冰上舞台且贏得比賽勝利，這無異於睜眼說瞎話。

在崇拜英雄、只有第一沒有第二的美國文化中，很難看到「勝勿驕，敗勿餒」的精神。當女主角遭受意外打擊時，親情、愛情固然能帶給她安慰，但不足以改變她的心態和生活，恐怕還須心理、視力追蹤檢查治療、學習新的謀生技能和靠著宗教力量才能走出黑暗，進而心平氣和地接受眼盲的事實勇敢地活下去，創造不一樣的結局，這才是真正的生活勇士。

（二〇一一年七月八日發表於《世界日報》副刊）

一曲滄桑〈何日君再來〉

「九一八」事變紀念日又在轉角，在一片紀念文章和抗戰歌曲中，想起了一首含冤莫白的名曲〈何日君再來〉。

小時在台不記得有沒有聽過〈何日君再來〉這首歌，只知它是禁歌。至於為何被禁、詞曲內容、作者和創作背景一無所知，直到一九八〇年代在美聽說鄧麗君以此歌「反攻」回去，才有機會聽到這首歌。

直覺上這就是一首詞曲優美、描寫戀人別離的情歌，比起當時粗製濫造的通俗流行歌曲要含蓄端莊多了，未曾深究有關它的一切，更想不到有人會因為這首歌而遭受了一生悲慘的命運。

這十餘年來美國湧進了不少來自國內的留學生和他們的父母，他們對小鄧的歌差不多都耳熟能詳，對這首輕快的〈何日君再來〉尤其喜愛，也使得來自海峽兩岸的人有了共同話題。

前幾年我熱心傳福音，但對無神論者常有無從下手之感。有一年時值復活節，忽然大發奇想，根據《路加福音》二十二章耶穌和門徒吃逾越節宴席的記述，改寫了〈何日君再來〉的歌詞並命名為〈何日主再來〉，希望藉著優美熟悉的曲調讓人很容易記住擘餅飲杯、猶大賣主和彼得三次不認主的由來。

原準備在我家舉辦的家庭福音聚會中由一些老姊妹帶頭領唱，老姊妹們亦已開始練習，不料遭到兩三位國內來的同工的大力反對。沒有任何具體理由，只說這是不良歌曲，不能用來敬拜神。不敢冒這不敬神的大不韙，我們沒有獻唱此歌，但卻因此勾起了我無比的好奇心，為什麼這首歌曾被台灣禁唱？現在又為國內來的同工極力唾棄？

我在網上搜尋有關〈何日君再來〉的貼文，確定作曲者是劉雪厂，作詞者是黃嘉謨。此曲是劉雪厂一九三六年在上海音專同學會上的即興之作，原為探戈舞曲，不過有曲無詞。次年二月，也就是「七七」事變前夕，上海藝華電影公司籌拍由周璇主演的電影《三星伴月》，導演方沛霖請劉雪厂寫一首探戈配樂，劉雪厂遂以此曲交差。其後導演方沛霖未徵得他的同意即由編劇黃嘉謨填詞，以作曲／晏如及作詞／貝林的化名發表，從此造就了命運多舛的一代名曲〈何日君再來〉。

文學修養深厚的劉雪厂雖覺部分歌詞流於粗俗，但礙於情面沒有抗議。誰知一九三九年香港電影《孤島天堂》又以此歌作為插曲，這首歌曲便以此面貌流傳了下來。

一九四一年，日本間諜山口淑子，也就是國人熟知的電影明星李香蘭，也灌唱了此歌，更翻唱了日文版。此歌不單流行於中國人中，亦流行於日本軍營間。淪陷區的中國知識份子則視其為妖歌，認為國難當頭豈能歌舞昇平地替敵人粉飾太平？

等到國府遷都重慶後，淪陷區的百姓渴望國軍早日回來解救他們，以歌抒懷寄意，於是此歌搖身一變成了愛國歌曲，更加廣為傳唱。以致引起了日本軍方的反彈，認為此歌消極頹廢，容易渙散軍心，便以歌詞中的「君」暗指國軍的「軍」為名禁唱此歌。

抗戰末期在南京、上海一帶的日軍，眼見敗亡在即，不甘心之下竟然將〈何日君再來〉竄改為〈賀日軍再來〉，在日本所屬電台日夜播放，蔣委員長恐其影響民心，親自下令禁唱此歌。

未料這首歌在一九八〇年代因鄧麗君的翻唱再度走紅，也再度被指為漢奸歌曲、黃色歌曲和隱含盼望國民政府反攻大陸的反動歌曲而在國內遭禁。這樣一首沒有任何政治色彩的探戈舞曲，就因人、因時、因地的不同被人扭曲誤解而莫名其妙地被禁了又禁。

比起這首歌曲的命運，劉雪厂的個人命運就更加令人唏噓長嘆了。綜合網上貼文、百度百科和《劉雪厂》紀錄片的說法，他生於一九〇五年，名晏如，字雪厂，是四川銅縣人。一九三〇年進入上海音專學習作曲，師承蕭友梅、黃自，與賀綠汀、陳田鶴及江定仙並列黃自四大弟子。

他早期創作了許多膾炙人口的抒情歌曲如〈飄零的落花〉、〈踏雪尋梅〉、〈紅豆詞〉等。「九一八」事變後不再歌詠風月，轉而為民族大義呼喊，創作了〈出發〉、〈前進〉、〈前線去〉等抗戰歌曲，其中最能激勵人心的非〈流亡三部曲〉之二的〈離家〉、之三的〈上前線〉和〈長城謠〉莫屬。

早年台灣的音樂課本收錄了不少劉雪厂的作品，像〈踏雪尋梅〉、〈紅豆詞〉、〈採蓮謠〉等。最令我驚訝的是〈中國空軍軍歌〉和〈中國海軍軍歌〉均出自其手，難怪那麼雄壯動聽。近來有網友聲稱，他的子女聽說台灣仍在傳唱他的作品，打算跨海提訟要求付版稅。不知此一消息之真假，亦不知台灣政府將如何回應，但我更好奇的是——地下的劉雪厂會做何想？

除了作曲，他亦從事音樂理論研究，抗戰期間曾自掏腰包創辦了《戰歌》音樂刊物，兩年半內出版了十八期，激發了無數學子的愛國情操。抗戰期間，他一方面為國民政府做事，寫了大量抗戰歌曲，一方面也參與左派文人的各種抗日救亡活動，更為郭沫若的歷史劇《屈原》譜寫全部插曲配樂。一九四〇年代起，他更盡心從事音樂教育工作，培育出不少音樂人才。

「解放」後，這位寫過無數抗戰歌曲的熱血青年，依然懷抱著創作熱忱為「新中國」寫下了許多樂曲，其中以根據古曲〈平沙落雁〉創作的鋼琴曲〈飛雁〉，在「新中國」音樂史上占了一席之地。

其實，早在一九二四年就讀成都美專時他即與共產黨接觸，一路追隨「黨」的領導，相信他對「新中國」是懷有崇高的理想的。然而，這位「忠黨愛國」的熱血青年卻在一九五七年的反右運動中被劃為右派份子，罪魁禍首竟然就是這首被批為反動、黃色音樂大毒草的〈何日君再來〉，他本人更被批為隱藏革命隊伍內的毒蛇。尤有甚者，連曹雪芹《紅樓夢》中由他配曲的〈紅豆詞〉也被打為黃色歌曲。

次年，他由國家一級教授連降數級淪為圖書館管理員，其妻喬景雲為他辯護了幾句亦被打成右派份子。雖然蒙受了莫須有的罪名和無情打壓，他仍然沒有放棄創作，但是身為右派份子無人敢發表、演奏、演唱他的作品，他只能默默期待著有重見天日的一天。

一九六六年「文革」爆發，他被戴上右派、漢奸和反革命的大帽子關進牛棚並被抄家十二次，所有創作手稿、收藏字畫、古董均一去不回。掃街、遊街、揪鬥、挨打各種非刑無情地打擊著他，最後被掃地出門。其妻更被人設計陷害，遭紅衛兵毒打成了現行反革命，拖著子宮脫落的病體和他同往農場改革，終於一九七一年因是現行反革命，醫院拒收，疾病得不到醫治，含恨而終。

一九七九年「文革」結束，他得到了口頭平反，但遲至一九八二年才拿到了書面通知。其時正逢當局抵制港、台歌曲，仍將〈何日君再來〉和〈紅豆詞〉定為黃色歌曲。晚年雙目失明、癱瘓在床的他，始終沒能等到〈何日君再來〉真相大白於世的一天，便在一九八五年三月十五日帶著永遠的傷痛離開了人世。

一首即興舞曲為他招來了滅頂之災，何以作詞者黃嘉謨能夠倖免於難？我在網上搜尋良久，只有兩個模糊的說法，一說他於「解放」前便已去世，二說他於「解放」後舉家遷居國外。難怪萬千矛頭紛紛指向作曲者劉雪厂。

時過境遷，〈何日君再來〉始終傳唱不衰，它曾牽扯的陸、台、日之間的恩怨情仇依然說不清，道不明。〈中國空軍軍歌〉響徹台灣上空，〈義勇軍進行曲〉唱遍海峽對岸，「忠黨愛國」的「黨國」二字照舊在海峽兩岸三地各有不同解讀。

節日過後

新年早上，高速公路上車輛異常稀少，機場亦未如預期擁擠，對比聖誕節前的車水馬龍，恍如兩個世界。兒子和我們兩老分別擁抱後，即一言不發地轉身離去。機場前只能暫停不能久留，我們不得不匆匆離去。

來時天陰欲雨，沒想到回程太陽意外露臉，一角藍天暫時舒展了我的眉頭。因假期忙累而感冒的先生，現在忽然自稱上火，決定繞道中國店，欲買台灣仙草降火。

空無一人的店裡只有老闆娘自個兒在梳頭。見了我，她沙啞著嗓子問道：

「今天是新年，你們教會開門嗎？」

我隨口答道：「教會和貴店一樣，是全年無休的，今天當然會開門。」

她聞言咧嘴一笑，表示待會她要去做禮拜，然後認真地問我：

「是否要先回家換衣服，再去教會？」

我尷尬地搖一搖頭。雖然天堂從不打烊，但前兩天先後送走哥哥和女兒兩家人，現在又剛剛送走兒子，我的心情早已打烊。

二姊和我住在同一社區，兩家四個孩子從小一起長大，父母則在兩家輪流居住帶孫。聖誕、新年時，尚無孩子的哥嫂和單身的外甥（大姊長子）會分別由德州、佛州趕來團聚。祖孫三代十三口人經常擠在一張加長的餐桌上吃喝說笑，想不到這平凡的一幕，竟成了孩子們心中永不褪色的聖誕年畫。

其後，外甥成家、做生意，父母安息主懷和孩子們離家上大學、就業，這樣的大團聚就很少有了。再等到孩子們先後結婚生子，有了親家，就更難湊齊全員了。

由於二姊有可能在今年退休搬往加州，孩子們便相約這次聖誕大夥重聚。同是祖孫三代，只是角色異位，我們自己成了孫輩口中的爺爺和奶奶。更須拼湊兩張餐桌才坐得下兄妹三家十九口人，餐點亦由母親掌廚的純中餐，演變為兒女操盤的中西合璧。

拆禮物照舊是團聚的最高潮，人手一機則是當年始料未及的。曾為母親視為至寶的照片，早就無人稀罕，自拍錄影帶多得來不及看。然而，鏡頭裡日漸衰老的身影，又豈是「歲月催人老」一言能蔽之的？

男生當年著迷的機器變形人已成古董，女生玩的布偶洋娃娃也無人問津。小手上是幾可亂真的玩具照相機，即連一歲多的外孫女也有她的玩具手提電腦。不光孫輩玩具的聲光影像教人眼花撩亂，兒女手中的iPhone、iPad和電動玩具機，更讓我覺得自己有如史前人類。

科技環境的轉變是時代進步的必然結果，只是心境的轉變卻是始料未及的。還記得每當節前，母親即一個指令接著一個指令地要求我打掃房子，清洗床單、被子，準備毛巾、盥洗用具，及採買、烹煮中國菜，讓我嘖有煩言。蔬菜、水果和雞鴨魚肉塞滿整個冰箱，好在天冷，車房成了天然冰箱，否則各式湯鍋、火鍋、滷鍋皆無處可容身。經常處於忙亂之中的我，從不懂得好好珍惜難得的天倫之樂。

孫輩扳著指頭數算假期還剩幾天的心情，和當年的父母沒有兩樣，只是母親邊數算還要邊抹眼淌淚。等到真正道別的那天，父母均緊繃了臉色，彷彿一九七〇年代我們出國時生離死別的場景再現。如果不是父親洗腎的日子，不管風雪寒冷他都堅持送至機場。不便出門的母親則站在車房門邊，看了又看，望了又望，然後掩門回房，哭上一場。

一生極少流淚的父親，卻在臨終前幾年多愁易感，每次哥哥走時都要臨風灑淚，反而是愛哭的母親不再掉淚。我們三個女兒笑道：「父親說他不重男輕女是騙人的，老了還是偏愛兒子。」

然而，我為什麼在兒子走後如此傷感呢？我只有一兒一女，沒理由重男輕女，而且我遠不到父親當年的年紀啊！

回到家中一片寂靜，好像走錯了人家。剛露臉的太陽又縮了回去，灰白的天空飄起了若有若無的雪花，室內顯得昏暗。我點亮了聖誕樹，為外孫女新買的彩燈閃爍著豔麗的五光十色，樹下成堆的禮物早已横掃一空，只留著些許掉落的松針和紙屑，樹上掛著天藍和粉紅彩球各一，是兒女的第一個聖誕彩球，顏色不再鮮豔，但懷抱新生嬰兒的喜悅記憶猶新。

走到樓上，哥哥一家暫住的兩間臥室都已收拾乾淨，但家具、被褥仍留有使用過的痕跡；唯有新近粉刷過的兒子房間，四壁雪白，所有衣物井然有序，不帶半點他曾經回家住過的氣息，反而讓我眼泛淚光。

午後天轉陰，強風吹散了細雪，卻下起了米粒般的冰雹。轉眼風起雲湧，陽光掙扎許久未能出頭，竟又飄起了小雪，心情也隨之愈加地起承轉合。

沒有了外孫女的奔跑嬉笑，地下室裡冷冷清清。女兒女婿睡過的氣墊床，如一張老皺的人皮面具坍塌在地，外孫女玩過的海灘球靜靜地躺在角落。悵然若失中打開了音響，踏上面對滿牆照片的跑步機。

兒女由小到大的身影在我眼前一字排開，往日的喜怒哀樂則在心底翻江倒海。未幾，汗水、淚水糢糊了我的雙眼。心喜女兒有人愛，和我們只有五小時的車程，見面不是太難。但心疼兒子至今形單影隻，加州千里相隔，思念的距離全由時間和金錢操控著。

抬眼忽見一抹斜陽由氣窗滲入，無數灰塵在淡淡的光束裡浮沉。是命定還是無奈？天有陰晴風雨，人有聚散離合，就算我再捨不得，兒女仍然是要奔向自己的前路，也只有這滿牆的回憶才是永遠屬於我的。

（二〇一二年二月九日發表於《世界日報》副刊）

如水沖去

如果說時間是賊，那麼它偷得最多的便是記性。

小時候老師說的話就是「聖旨」，絕對是銘記於心不敢或忘。隨著年歲日增，師威日減，不要說老師說的話，甚至連自己說過的話都會忘了。

中年以後事多心煩，經常忘了帶鑰匙出門、將鑰匙反鎖在車子裡、忘了帶皮包或帶了皮包卻忘了擱在哪兒了。

許多重要文件總想找一個安全的地方放好，東藏西放之下最後不知所終。打開冰箱或食櫥，腦子突然短路，不知到底要拿什麼東西。講電話時，明明話到嘴邊，那些要說的話卻好像被按了刪除鍵，一剎那間忘得乾乾淨淨。

在人多的場合有人過來打招呼，看著眼熟，寒暄半天就是想不起來對方的名字。

到購物中心或超市，繞了七八圈好不容易停到一個好車位，可是出來時完全忘了車子停在哪，更可笑的是有時還會忘了自己開的是哪一輛車。

這樣的丟三忘四好像是每一個中老年人的通病，不足為奇，但近年來我經由每天點眼藥水這件小事，驚見記性隨時間流失的可怕。

我有青光眼和嚴重的乾眼症，各有兩種眼藥水，有早晚各點一次的，有臨睡前點一次的，有需要時才點的。有的室溫保存即可，有的開封前須放冰箱冷藏，有的則剛好反之。不便的是一次只能點一種，至少要間隔五分鐘後才能再點另一種。開車出門旅遊時得攜帶小型冷藏箱，若是坐飛機則須乾冰伺候，通過安檢時更得另費一番唇舌。

即便是家居也一樣讓人頭疼，因為我的臥室在樓上，冰箱在樓下廚房，為了點眼藥水每天奔上跑下，一忙之下不是忘了便是點錯了。如果只是單純地忘了也還好辦，等想起來時再點也無妨，奈何許多時候竟是連是否忘了也想不起來，即使想起來該是點過了，亦不能確定到底是忘了點哪一種。

白天家中只有我一人，無人提醒我點眼藥水，於是我在床頭和冰箱門上各放了一個月曆，以便點完眼藥水後做記號，心想這樣一來便可萬無一失了。豈料人算不如天算，不是忘了做記號便是忘了事先查看月曆上有無記號，反而比先前更加混亂不堪。

從正流行的奧斯卡電影《鐵娘子》看到精明能幹如柴契爾夫人，亦難逃年老失智的命運，不覺悲從中來。因為有一天，不光是所有記性將如水沖去，即連我這個人亦將如水沖去。在我去而不返之先，唯有求告神賜給我智慧的心，教我認真過好眼前還能記得的日子。

（二〇一二年三月二十日發表於《中華日報》副刊）

永遠的風情畫

電影《七年之癢》曾獲選美國百大喜劇片之一，片中的瑪麗蓮夢露嬌憨可人，但角色個性並不十分突出，演技亦非可圈可點，只因其中一個站在地鐵出口裙裾飛揚的鏡頭，奠定了她性感女神的地位，更使得她和此一鏡頭永垂不朽。

想不到在她香消玉殞半世紀後，藝術大師Seward Johnson竟將此一經典鏡頭複製成了二十六英尺高的雕像，於去夏開始展示在芝城市中心的拓荒者廣場（Pioneer Court）上，並將於五月初由芝加哥轉往加州。

芝城市民對此多持負面看法，認為以裙底風光招徠遊客，難免有情色之譏，更有損芝城形象。另一部分人則聲稱雕像沒理由矗立在芝城街頭，因為電影是以紐約為故事背景，也不是在芝城拍攝的，和芝城可說是風馬牛不相及，唯一硬扯得上的關係便是芝城風大。這還真是無風不起浪啊！

我不是夢露的粉絲，對她所知不多，但自從在新聞上看到一張遊人在「她」裙下躲雨的照片後，不覺莞爾，想要一窺究竟。

此次趁著到芝城探孫之便，在晴朗的週六跟隨人潮，沿著密西根大道走向芝加哥河邊，遠遠便能看到隱於橋墩後的熟悉白色身影。雕像位於芝加哥河和密西根湖出口不遠處，正當風口，裙裾想不飛揚也難。

雕像製作得十分精美，耳環、鬈髮、裙褶、腳上蔻丹甚至白色內褲俱都維妙維肖，雪膚花貌亦栩栩如生，臉上嬌笑則透著尷尬。最妙的是背後裙襬，飛揚呈弧狀，天然形成一座涼亭，只要你對「站立女人裙下」不以為意，這「裙底」不失為遮蔭躲雨的好地方。

一波波的遊人繞著「她」打轉，人手一機對著「她」狂拍，興奮之情溢於言表，情侶紛紛依偎著「她」的玉腿拍照，更多的人在「她」裙下拍全家福。廣場上充滿浪漫與歡樂之情，藝術乎？色情乎？在陣陣春風中無人在乎。

密西根大道上車水馬龍，五顏六色的鬱金香開得燦爛，熙來攘往的人群總不忘對「她」投以一瞥。衣衫單薄的「她」在春風微寒中，俯視著滾滾紅塵中的芸芸眾生，不知是否後悔曾經年少輕狂過？

想起她的嗲聲嗲氣和媚眼豐唇，不知曾安慰了多少寂寞的心，然而自己卻在寂寞中離世，甚至連死因至今都說不清，怎不教人興起「人生如戲」的感嘆。

聽說雕像只會展示一段時間，並非久駐街頭，但不管怎樣，天使面孔、魔鬼身材的夢露都是人們心頭永遠的風情畫。

（二〇一二年六月十八日發表於《中華日報》副刊）

春江水暖鴨先知

剛剛參觀完蝴蝶大展，滿腦子都還是蝶飛花舞的春天景象，待步出熱帶溫室，北國的三月春風依然冷冽，這才意識到藍天白雲下的溫室內外仍是兩個截然不同的天地。放眼望去，四季花園內一片枝枯草黃，不要說花兒朵兒，甚至連一絲綠意都沒有，先前的春天假象頓時幻滅一空。

三年前初次造訪Meijer雕塑花園，時值春末，繁花綠樹間除了永久展出的雕塑藝品外，還有彩色玻璃藝品特展，藝術與美景自然融合，營造出如夢似幻的視覺效果，教人印象深刻。

此刻舊地重遊，園內林木蕭條，缺了紅花綠樹陪襯的雕塑藝品便輕易地展現眼前，經過嚴冬摧殘，明顯透著風霜痕跡。原本在綠草地上「春風得意馬蹄疾」的銅雕《美國駿馬》，此時孤立在黃土坡上，怎麼看都少了那股意氣風發之勢。動人的紅色尤物銅雕《詠嘆調》，雖未褪盡顏色，竟已有美人遲暮之感。

小池塘曾經花草茂盛，兼有彩色玻璃藝品《藍月》和《黃舟》的妝點，滿塘散發著迷人的夢幻色彩。眼下塘空花謝，即連似曾相識的感覺也說不上了。「瀑布」區內的疊石流水間猶有殘雪浮冰，雪白冰清大異於往日的奼紫嫣紅。

只有不鏽鋼雕《神經元》（Neuron）在陽光下一如既往地銀光閃閃。遠觀如帶有無數鬈鬚的古老樹根，近看似神經組織的粒子細胞，細賞之後，彷彿是帶有能量的抽象物體，正在空間裡向四面八方迸發出無比的生命力，鼓舞著枯槁的大地，也帶給人們生生不息的盼望。

兒童花園內一樣花草凋零，噴水池亦未開啟，但急欲脫去厚重冬衣的孩子們並不在乎這些，在難得的陽光下嬉戲奔逐於樹屋和索橋之間，那勁爆的歡聲笑語比水花聲更加動聽。

經過空落落的農夫花園，踏上了與濕地並行的木棧道，對面人家清晰可見。出乎意料的是，濕地上一片溶溶乳白，軟軟綿綿的非冰非雪。莫非天上白雲忘了歸處，紛紛留駐此間？

沿著木棧道邊緣，可見一灣清淺水流，藍天白雲和枯枝盡皆倒影其中，滿是閒情逸趣。忽見彎處有一對野鴨靜坐水中，不發一言，只偶爾回首啄翼。此地雖無「竹外桃花三兩枝」，也沒有滿地蔞蒿和蘆芽，當然更非河豚欲上時，卻不能不想起蘇東坡的傳世名句：「春江水暖鴨先知。」

同樣是戲水的鴨子，看在詩人眼中是蓄勢待發的隱隱春意，看在電影《鳳還巢》中朱千歲（蔣光超飾）的眼裡則是令人垂涎的盤中美食。有趣的是，早期的華人留學生中，即曾有人動了和朱千歲同樣的念頭，以為公園裡群鴨肥美，無人問津，正好大快朵頤。豈料非但煮熟了的鴨子飛了，還招來了警察先生的罰單。

在一般的江河溪流間見到鴨子並不稀奇，但我沒想到在浩瀚如海的密西根湖上也能見到鴨子。密西根湖水終年冰涼，即連夏天也沒有幾天可以下水，何況風高浪急的四月天！原先以為鴨子不畏寒冷在此嬉戲，看久了才知道，鴨子並非是隨著浪頭高來低去地戲水，而是追波逐浪地在捕魚。不禁失笑於清代學者毛其令對蘇先生的詰難：春江水暖一定是鴨先知嗎？難道鵝就不知道了嗎？

（二〇一三年四月二十五日發表於《世界日報》副刊）

【花樹閒情】

紫荊花蝶

美人襟上的珠花

在台灣時不曾見過紫荊花樹，對它的唯一印象來自田氏兄弟分產的故事：說是紫荊有靈，聞知兄弟分產而枯，兄弟有感人不如木，不再分產，它亦枯後復榮，因而被後人引作親情譬喻，象徵家和萬事興。這美麗的樹名從此深印腦海，但始終無緣識荊，直到這幾年賦閒在家，加入慢走一族後，才知道初春時，家家戶戶庭院裡的紫色身影即是紫荊。

紫荊枝幹黝黑，蒼勁虬曲，豆莢形花苞細小如枸杞子，側看如彎月。花萼紫紅，花瓣淺紫，共有五片花瓣。花開時，其上雙瓣展開如蝶，花形近似蘭花。葉片為心形，嬌美可愛。

春風伊始，老幹上成團簇生的花蕾，有如美人襟上一球球的珠花，空枝上的點點紫影則如墨染梅花，隱約有幾分國畫古梅的逸趣。不過，花與幹顏色對比分明，亮眼的紫蕾遠較素淡的寒梅更能捎來春的消息。

不像奔放的梨花，能夠在一夜之間盛開如雪，紫荊是含蓄婉約的，它精心地一筆一畫勾勒著自己的豐姿盛顏，著色是層次漸進的，由點而線而面，終至將全部曲線隱沒於一身紫紅之中。這是我慢走時對庭院紫荊的感受，以為它的豔麗不過如此。想不到，自去春拜訪芝城摩頓植物園後，開始為它深深著迷。

那天我們首先拜訪的是位於西區的Thornhill Education Center，白色的建築物隱於一片樹林之後。群樹剛剛發芽長葉，疏落的枝葉間透著幾抹鵝黃嫩綠，混生其中的紫荊以其纖柔的細枝縱橫交錯地織成了一張張紫色的網，淡淡的紫色絲帶在藍天下飄忽游離，彷彿煙雲變幻，美不勝收。

位於草地邊緣的紫荊叢不若林中的高大，在太陽直射下多已半開，一蓬蓬的粉紅有如盛開的櫻花。仰首望天，錯落有致的枝枝粉紫，紛紛以其少女般的纖纖玉指，在藍天上比劃著美妙的千姿百態。

教育中心旁有一條小徑，入眼是一棵姿態優雅的韓國香料樹，開滿白花的兩根主幹各成華蓋，其一以半圓之姿彎向小徑，如一道白色拱門迎接來客。蜿蜒其後的小徑上，紫影綽約，吸引你移步往前。含苞、初綻及半開的花枝，在此渲染出深淺濃淡不一的紫霞，繚繞著叢林，演繹著詩情畫意。

環湖的紫荊是風華正茂的少女，一溜紫紅一字排開，巧笑倩兮，顧盼生姿，青春的容顏原是無須遮掩的。木橋邊有一叢紫荊格外讓我心動，枝椏橫歧如珊瑚礁，更有紫色花枝迤邐入水，大有西子浣紗的萬般風情。

在中國園區的丘陵地上，紫荊隱身在幾株盛開的白色茱萸之後，藍天下綠草上的雪白粉紫，宛如美麗的新娘團隊，一場浪漫的婚禮在春風中悄無聲息地進行著。

出乎我意料的是，此行的最高潮不在林間水邊，而是在東區的兒童花園裡。九曲橋上有紫荊花樹交覆成蔭，形成濃密的紫色花帳，將樹屋索橋盡納其中。鋪天蓋地的紫，恍如滿天彩霞，疑是天女散花，更忘了身在何處。只是兒童奔跑的歡聲笑語，將一切都童話化了，心想，也許會有紫矮人不經意地竄出。

就是這一片紫讓我念念不忘，進而四出尋訪它的芳蹤。不管是在鄰里巷弄或是山間水邊，也無論是單株或成林，俱如盆景般疏落有致，姿態各異，且是出於天然而非人工造作。最可喜的是，它由初綻時的清秀、半開時的嬌豔至盛放時的絢麗都是順著季節的脈動，不疾不徐地展示它孕育一冬的魅力。不像櫻花般的大起大落，讓人措手不及，更不帶半點悲壯的意味，花落時，也只是星星點點地隨風而去，不致有「滿路落花紅不掃」的落寞。

今春在密西根州大植物園內，看到幾株白色的紫荊，雖然花小如米，仍如千萬隻振翅欲飛的蝴蝶棲滿枝頭，另有一種精緻的美感。它的英文名稱叫「White Redbud」頗堪玩味，redbud中文直譯即是「紅蕾」，至於中文名稱一律叫做「紫荊」，想當然意指紫色灌木。未料到，它可以既不紅也不紫，而只是單純的白。

然而，如此美好的花樹卻有一個讓人失望的別稱——「猶大樹」。相傳出賣耶穌的猶大就是吊死在紫荊樹上的，因其質地堅硬。但我看那纖細的枝條不足以承受一個罪人之重，我寧可相信那多如繁星的花朵，是耶穌基督的點點救贖寶血，在春天化蝶而去，帶給世人無窮的永生盼望。

（二〇一二年五月十五日發表於《世界日報》副刊）

滿樹鬱金香

自從去春無意間邂逅了鬱金香樹後，便對其樹其花念念不忘，滿心期待著今春滿樹鬱金香的花開美景。誰知今年雨雪特別豐沛，春天姍姍來遲不說，春雨更是由四月一直滴答到了五月下旬方休。眼見鄰家園中的鬱金香都已盛開，想像著今年花勝去年紅，我遂迫不及待地重訪舊巷。

小巷依然寧靜，但所有街樹均被修葺整齊，高大的樹身只有頂端三分之一處保有枝葉，底部皆為空幹。少了茂密濃蔭的街道顯得空曠冷清，猶如蓄慣波浪長髮的少女突然剪了個赫本頭，雖不失清爽秀麗，卻令人悵然若失，一時無法接受這巨大的改變。

原可平視的花樹現在非得九十度仰視不可，不大的花朵隱藏在寬闊茂盛的四角盾形葉片之中，若非極目搜尋，很難發現花朵芳蹤。

連續觀察了幾天，終於確定花期已過，薄荷綠的花萼已經捲曲，有的甚至花瓣落盡只剩綠色花心，零零星星的花朵固執地保持著仰臉望天的姿態。我縱使仰瘦了脖子，所能看到的只是鵝黃、橘紅酒杯似的花底，至多也只能看到蓮花燈般的側影，它那花容月貌只一心向著藍天白雲展現，不肯像地上開遍的鬱金香，讓人一目瞭然。

看來今年是錯失花期，只好回家翻閱去年舊照，六瓣鵝黃花瓣由裡往外渲染著一圈火燄般的橘紅和薄荷綠，中心是鵝黃蒴果和纖細的花蕊，這圈橘紅宛如花中花，曾引動我多少遐思默念，以為盛開的花朵會如火燎原，點亮一樹燈海。

然而，人生事不能盡如吾意，即連這賞花小事亦如是。

想通了這點，心下釋然，信步彎向另一小巷。此處街樹全然不同，間中有幾棵新栽的小樹，頂端長滿了點點簇生的穗狀花絮。綿密蓬鬆的白花散放著一股細細的甜香，在藍天白雲下不僅招蜂引蝶，也喚起了我對爆米花和棉花糖的兒時記憶，那種單純的幸福感霎時滋滿胸懷。

期待明年再遇滿樹鬱金香的花開美景，至於當下，倒不如俯拾周邊的小小驚喜，細細咀嚼這爆米花和棉花糖的滋味。

（二〇一一年七月一日發表於《中華日報》副刊）

無花果樹

無花果樹是頗具經濟價值的植物，它的葉片、枝幹甚至全株都能入藥，果實可生食亦可做餅或製成乾果。之前我只吃過乾果，乾癟黃褐，其貌不揚，內中滿是細子，亦不覺味美。

《聖經》中曾多次多處提到它，其中有幾處經文讓我印象深刻。《創世記》說亞當、夏娃在偷吃了禁果以後，發現自己是赤身露體的，便用它的葉子編做裙子來遮羞。當時沒有針線，可見它的葉子粗大厚實才能用來做裙子。由於始祖違反了神不可吃善惡樹上的果子的禁令，這葉裙便從此淪為人類初次犯罪的羞辱印記。

《馬太》和《馬可》兩福音書中都提及在逾越節次日的早上，耶穌餓了便在無花果樹上找果子吃，因非結實季節，樹上有葉無果，於是耶穌咒詛那樹今後永不結果子，樹便立刻枯乾了。初看這段經文時覺得很不合理，既非季節如何能有果子呢？

後來才瞭解到，當地的無花果樹通常在三月中下旬先結果後長葉，不過要到六月才是收穫季節。逾越節約在三、四月間，其時即便有果子也是未熟不能吃的。這淺顯的道理耶穌豈會不知？無外乎藉機以樹喻人，勸人不要徒有敬虔的外貌，而無實質的認罪悔改，因為最終的審判一如無花果樹的立刻枯乾是無可逃避的。

全美次大的無花果樹

今春在加州聖塔巴巴拉市街頭發現慕名已久的無花果樹隨處可見，枝幹蒼勁虬結，碧綠裂狀的葉片如蒲扇般粗大，綠色扁圓蒜頭狀的果子似蓮蓬頭般掛滿枝幹，樹身高大出乎我對一般果樹的想像。其實，它並非真正無花，只因其為隱頭花序，花長於果內不易被察覺罷了，於是被人誤以為是無花之樹。

桑科榕屬的無花果樹種類繁多，並非如我想的只有《聖經》中提及的那一種，而且葉形、果形、樹形亦各自不同。我們在聖市錯過了加州甚至全美最大的莫頓灣無花果樹（Moreton Bay Fig Tree），所幸在聖地牙哥自然歷史博物館北面見到了次大的另一棵。這一棵引自澳洲的無花果樹，高七十英尺，幹粗十三英尺，覆蔭範圍約一百二十五英尺，據說正午可容千人在樹下遮蔭，真正是龐然大物。

這棵巨樹其墨綠梭形葉片和圓粒簇生果子的濃密繁多自不在話下，更讓我覺得奇特的是那灰褐色支架式的樹根，竟然在地面盤根錯節達幾十英尺，兒童嬉戲其中有如身入迷宮，許多人在此留下了美好的童年回憶。可惜如今已用鐵絲網籬圈起，不再任人攀爬戲玩。

中東的無花果樹雖遠不及此樹巨大，但也可高達十餘英尺，足可供人在其下遮蔭乘涼、享用果子。無花果更與葡萄和橄欖並列為以色列人生活中的三大必需品。

遙想舊約農牧時代，一旦「無花果樹不發旺、葡萄樹不結果、橄欖樹也不效力」時，就好比現今的股市崩盤、房地產泡沫化或經濟大恐慌般可怕，日子該當如何呢？

先知哈巴谷非但沒有在苦難中灰心喪志，反而說：「然而我要因耶和華歡欣、因救我的神喜樂。」就因這堅定不移的信心才使得以色列在亡國兩千年後重新復國，現在不單如無花果樹般枝繁葉茂而且結實纍纍。

（二〇一二年七月三十一日發表於《中華日報》副刊）

藍色水手花

每到夏天，隨著豔陽高張，公路兩邊便不斷地冒出點點的藍色小野花，由點而線而面，開得熱鬧極了。

由於車速快、距離遠，年輕時忙著趕路的我，雖覺藍天白雲下的藍色小野花豔麗耀眼，但從未動念停車駐足細看它嬌小的容顏，甚至不曾探問過它的芳名，只年復一年看著它開了又謝，謝了又開。

多少年後才得知它的芳名叫「藍色水手」，除了藍色讓我聯想到湛藍海水和水手制服外，並未引發我更多的臆想和猜測，它不過就是公路上一道最尋常的風景線罷了。

空巢又逢失業，多出了大把流光，經常往返底特律和芝加哥探望外孫女。也許是旅途無聊，也許是不再為趕路而趕路，終於有閒情讓我細賞路邊的野花。

常見的是白色和紫色的點狀小花、橘紅的金盞花及藍色水手花，奇妙的是它們各有地盤，由遠而近地呈塊狀或帶狀分布，而藍色水手花永遠是擠擠挨挨地站在公路最前線，逕自替公路鑲上一道藍色花邊。

寸許大小放射鬚邊的藍色水手花學名「菊苣」，和蒲公英為同一家族，花形、花色不盡相同，但齒狀有毛裂葉相似，其味略苦，同樣都能拌作沙拉生食或入饌。它不單葉能生食，花葉可製成花茶有利肝膽，褐色根莖在歐洲可作為咖啡代用品，在南非和美南更被作為咖啡添加物。

這樣美麗又有經濟藥用價值的野花，終日挺立在公路邊忍受日曬風吹和雨打，總以為它有著十分強韌綿長的生命力，殊不知它早晨發旺，晚上枯乾，朝生暮死後，又在每一個日出迎來一批新的花朵，如同一個又一個的海浪奮勇向前，展現出似斷非斷的蓬勃生機。

至於它為什麼被稱做「藍色水手花」呢？背後有一個美麗的愛情故事。傳說有一位少女愛上了一位水手，希望能夠和他天長地久，但水手捨不下他最愛的大海，終於離她而去。有感於少女的癡情，天神遂將她化作了藍色小花，如海水般湛藍癡望著藍天白雲，訴說著她生生不息的愛意。

這美麗的愛情故事曾讓我感動不已，但隨著和外孫女道別次數的增加，對這豔陽下的藍色花隊有了全然不同的感受。少女舉首望天的癡情苦戀固然感人，水手揮手告別的不捨無奈更讓人心有戚戚焉。

盆栽薑

今春友人轉來一個網上短片，不管任何瓜果蔬菜到了片中女主角的手中皆能盆栽或水養，隨之開花結果，將她家廚房打造成了美不勝收的溫室暖房，既能環保又能養生，看得我心動羨慕不已。

廚房食材中最難保存的便是不可或缺的蔥薑蒜了，無論用紙巾、保鮮膜或錫箔紙包裹，放在室內或置於冰箱之中，三五天後即霉爛或發芽，難逃丟棄一途，當下可惜卻苦無保存良方，今見水養盆栽能供觀賞又可食用，樂得我馬上東施效顰。

首先我將成把的青蔥插瓶水養，美國蔥縱然養在水中依舊長得粗大肥厚，完全不似片中台灣三星蔥般的水靈青翠，於是我懶怠天天換水，不久水臭蔥爛，養蔥之念便不了了之。盆栽的蒜頭亦因我缺乏耐性照料，不知不覺間長成了一蓬亂草，無甚美感，遂就此打住，不再庸人自擾。

至於其貌不揚的生薑我就更不做期望了，任由先生將一個個的薑塊半埋在花盆裡，隨意擱在朝東的窗下，心血來潮時便澆上一點水。隔了一陣子，無意間發現薑塊上凸起的小圓疙瘩，居然破皮露出了淺黃薑色，個個朝上生長姿如筍尖，慢慢地筍尖由黃轉綠竟冒出了細小的嫩芽，好似土坡上的一莖孤枝，透露著盎然生機，這才吸引了我的眼目。

嫩芽在造物者手中又捻又搓，逐漸長成一條條漸細漸尖的綠莖。這綠莖頂端尖細如針，料想不到緊密嚴實的外表下卻如筍尖般層疊交錯，以不易察覺的龜速將表皮往外迴旋舒展，望穿秋水才得見「線狀批針形」的葉片。而葉尖部分依然捨不得就此全然展開，總要纏綿繾綣多日才盡現那細長的針尖，真可謂：「葉葉心心，舒卷有餘情。」

由春至夏，每枝莖上都長出了數片薑葉，具呈單葉左右交錯的階梯狀，而非像蕨類植物羽狀葉那樣的左右對稱。入秋以後長至兩英尺高，葉片漸多，也漸有竹林的風采。不過，薑葉雖近似竹葉，但首尾皆尖，較竹葉來得更加修長。搓揉之後，散發出一股奇特的清香，沒有薑味的辛辣，隱約間透著青草和嫩筍的氣息。

樸實無華的薑塊蘊藏著無限生機，青翠的葉片將香氣內斂不發，有著竹般的謙謙君子之風，那薑花該是「胸有詩書氣自華」吧？

（二〇一二年十一月十九日發表於《中華日報》副刊）

白雪映紅顏

時序進入深秋，幾場秋風秋雨之後，不光是萬紫千紅的楓葉凋零殆盡，一般樹木也幾乎是光禿一片。蕭條中，只有觀賞梨樹一枝獨秀地展現萬種風情。

這種引自中國的觀賞梨樹，任何土壤皆能栽種，生長快速，枝繁葉茂，深受大眾喜愛。不但街道、學校、社區和購物中心等廣為種植，即連一般私人庭院亦所在多有。

四月底，當大地剛剛甦醒，積雪尚未完全融盡時，它能在一夜之間換上一身雪白。五個花瓣的簇生小花團聚成球狀，一球又一球密密麻麻地布滿全樹，遠觀似積雪不勝負荷。駛過成排栽種的街道時，恍如銀色聖誕再現。若是臨水種植，那漫天漫地的白，壯觀燦爛不亞於盛放的櫻花。

當漫天白色花雨灑滿花徑、台階時，嫩綠的葉片便慢慢冒出頭來了。滿樹白綠相間，讓我憶起小時候穿過的蓬蓬裙，起縐的白底泡泡紗上有著細碎的黃蕊綠花，小女孩的青澀單純盡在其中。

隨著綠多白少，夏天的腳步也就不遠了。蒲扇形帶著細微荷葉邊的梨葉，迥然有別於裂齒狀稜角分明的楓葉。綿密的團團扇面撐起了一座座綠色帳篷，不管樹形像洋蔥頭、大蓬頭或似皇冠、金字塔，都濃綠可供遮蔭。

整個繁花似錦的夏天，它安分地穿戴一身單調的綠，既不自憐亦不招搖。當楓樹開始由綠而黃而橘而紅而紫時，它默默地甘於充當綠色布景的角色，盡職地襯托出楓樹的千嬌百媚，不在乎人們對它視若無睹，只耐心等候著它的獨舞時刻。

終於百樹落盡了顏色，枯瘦的枝椏在穹蒼上比劃著繁華落盡的蒼涼。此時只見梨樹換上了隆重華服，集紅橙黃綠紫於一身，和彩霞爭豔，與秋風共舞。

陰天它是傳說中的貴婦，織錦緞面旗袍，透著逼人貴氣；晴天它是舞台上的巨星，亮片珠飾舞衣，閃著夢幻光彩；風中它是輕歌曼舞的少女，一任長髮飄逸，青春如火奔放；雨中它是天真無邪的孩童，盡情塗抹顏色，創意似瀑流瀉。

不管陰晴風雨，堅持保有美麗；如遲暮美人，縱使年華老去，仍要染黑了秀髮；但脫落的胭脂，掩不住黯淡的眼神和膚色；緊附枝頭的黑紫鏽紅，透露著不願離枝的濃濃心事。然而，它的美麗終是經不起考驗，它的依戀不捨更不能邀得西風的同情，往往一夜強風或一場落雪，便能摧折它纖細脆弱的枝幹，更何況那浮萍般的片片圓葉？

等到白雪掩埋了它所有的美麗，它光禿如群樹，顆顆櫻桃般的褐色果實卻浴雪養顏，期待著明春的雪膚花貌和秋後的絕世紅顏，一切仍將美麗如昔。

（二〇一一年十二年二十二日發表於《世界日報》副刊）

我家鐵樹

二姊夫擅長園藝，家中滿是漂亮的盆栽，去秋搬家加州前，所有盆栽都被眾人搶搬一空，只有一盆鐵樹無人問津，我家先生見狀馬上不自量力地搬回家去。

這盆鐵樹雖然矮小，但羽狀條葉的幅員面積可不小，直徑幾近三英尺，不知我家何處能容此龐然大物？先生叫我不用操心，他自有辦法。其時天氣尚暖，便將它擱置在前門平台上，混在一群大小盆栽之中，也還不覺礙眼。

等到天冷霜降，不能不將所有盆栽陸續搬回室內過冬，免得在外凍死。這下可好，所有窗前皆擺滿了大小盆栽，哪裡還有放鐵樹的餘地？

一日無意間在客廳牆角看到一盆奇怪的盆栽，先以為是枯死的花樹，正想拿去扔了，細看之下不禁笑到不行。原來先生沿著盆緣將鐵樹的羽狀條葉修剪一空，只剩下鳳梨頭似的體幹孤伶伶地立在盆中，頂上則殘留著幾根梳齒狀的葉枝。

鐵樹因葉像鳳尾，幹似芭蕉，故又名「鳳尾蕉」，如今橫遭剃度，沒了鳳尾的芭蕉，模樣實在讓人忍俊不住。

北美長冬漫漫，窗外永遠是死氣沉沉的灰白一片，這些室內盆栽頓成眼睛的綠洲，即連那荒謬的四不像也能讓我一日看三回。

沒想到當外面大地尚無一絲綠意時，枯黑的鐵樹頂端竟然冒出了幾條肉色線形枝葉，上端尖細密生絨毛，過了些時抽長轉綠，莖上還出現了吸盤似的捲芽，像極了一根根的魷魚鬚，不禁讓我想起女兒剪過的魷魚絲頭。

女兒大一那年暑假回台省親，幾個年齡相仿的堂姊妹慫恿她一起去剪頭髮，不諳台語的她雞同鴨講了半天，硬是被剪了個當時最流行的髮型，一頭清湯掛麵的長髮被分層打薄，一條條的髮絲細長繾綣，猛一看還真像頂著一頭魷魚絲，女兒委屈得眼淚都快掉下來了。我雖極力安慰她並不難看，回美後她還是急忙修掉了魷魚絲，恢復清湯掛麵的本來面目。

然而，鐵樹的魷魚鬚卻意外地帶給了我許多樂趣。原來它的吸盤是兩列對生的，每一個吸盤都是一片盤捲的線形葉，形狀酷似小時候母親做的中式盤扣。隨著時間流逝，這些小盤扣往外朝上呈V字形舒展開來，魷魚鬚變成了一根根羽毛。誰也沒見過鳳尾，不能說鳳尾就是這個樣子，但那對稱的姿態和千手觀音的一字舞形確有異曲同工之妙。

鐵樹性喜陽光、溫暖、濕潤的環境，生長緩慢，甚至還有「千年鐵樹開花」之說。不奢求我家鐵樹開花，只要它逐年枝葉茁壯，我就心滿意足矣！

（二〇一三年四月二十四日發表於《中華日報》副刊）

褪色的蝴蝶蘭

去年生日，先生在超市買了一盆蝴蝶蘭送給我當禮物。不是名種亦非精品，花梗一枝獨秀地在頂端彎處開滿了花朵，雖非對稱整齊倒也不顯凌亂，花朵大小顏色幾乎一般無二。先生最得意的是那與眾不同的藍紫花色。

蘭花國色天香，一向深得國人的喜愛。我對蘭花素無偏好，亦從未養過，印象深刻的是美齡蘭和蝴蝶蘭。早期台灣尚未大量人工培植蘭花，故價格不菲，又因蔣夫人的關係，色彩豔麗的美齡蘭成了名流貴婦的最愛，足以彰顯身分地位的高貴。相較之下，台灣盛產的蝴蝶蘭就顯得平民化多了，繁多的花朵如珠串般排列整齊，總予我單調刻板的感覺，難以對它情有所鍾。

這次因為是先生送的生日禮物，遂放在書桌上朝夕相對，難免對它多看了幾眼。我總覺得這藍紫色彩太過豔麗，不像自然天生。不久又發現，除了舌唇部分外，其花瓣顏色並不均勻，似有褪色之嫌。先生對我的染色之說大不以為然，極力為它辯護，卻忘了從前買過的迷你仙人掌盆栽，頂端都有一朵盛開的花，色彩豔麗，既不褪色也不凋謝，直到無意間碰觸掉了，才知道是一朵以假亂真的塑膠花。

花謝以後，先生決定留著它，照著養玫瑰的方法，修去殘花，澆水施肥，並由西曬的書房移到了朝東的前廳。墨綠肥大的葉片酷似普通的長青植物，只是多了一些懸垂的鬚根，顯得頭重腳輕，模樣不怎麼討喜，沒有綠手指的我也就不怎麼在意它的存在和生長。

春去秋來，日日看花的先生發現根部冒出了一些綠莖，喜孜孜地盼著花開。綠莖成長速度異常緩慢，長時無法分辨它到底是花梗還是鬚根。後經擅於養蘭的二姊夫指點，才知下垂的是鬚根，朝上長的才是花梗。

耐心等到冬天，果然看到兩枝朝上長的花梗，翠綠的顏色亦有別於灰綠的鬚根。花梗慢慢抽長茁壯並轉為褐色，頂端則開始左右錯生出細莖，莖上各結著一粒淺綠色的三角卵形花苞，須用夾子別在細枝上才不致傾倒。

花苞飽滿像迷你燈籠般可愛，春雪尚未融盡，已長至葡萄大小的花苞開始輕啟綻放，先是外層上一下二地往外平展呈正三角形，接著裡層在上的兩片花瓣和居下的舌唇慢慢舒展如倒三角形，開合之間似蝴蝶展翼飛舞，真是名副其實的蝴蝶蘭。除了花蕊微黃略帶細小紫點外，通身冰雪潔白，絲毫不見藍紫的豔麗逼人。花枝隨意橫斜，花朵或左或右，或大或小，或開或合，沒有人工培養的制式匠氣，恰似「翩翩蝴蝶正當行」。玉潔冰清如曇花，但花期長，不致有曇花一現的遺憾。極端幽微的暗香，正是我心中的王者之香。

先生見了十分悵惘，不得不承認這是盆褪色的蝴蝶蘭。不禁讓我想起一則整容美女的笑話來：一位帥哥娶了一位美女，郎才女貌，羨煞了眾人，公認他們將來的孩子肯定出色好看。結果，來年生下的女娃兒，方臉塌鼻，小眼大嘴，不知是抱錯了誰家的孩子。帥哥這才恍悟自己所娶的是位整容美女。

不過，先生萬沒料到，反璞歸真的蝴蝶蘭反倒深獲我心，潔白無瑕，一如他對我的心意，無須渲染，永不褪色。

（二〇一三年五月二十二日發表於北美華文作家協會網站五月號）

【生活隨筆】

和GPS過招

在沒有GPS的年代，出門找路靠的是地圖，於是在看地圖找路時往往引發夫妻大戰。大部分的女人天生比較沒有方向感，找路憑藉的是認路標，和記第幾個十字路口。看地圖時不管東南西北，一律以目的地在上為準。一路往前開去到第幾個十字路口，或看到哪一路標時右轉或左轉，餘下路程亦復如此，直到抵達目的地為止。然而，從沒去過的地方既無路標可認，地圖也不會細標所有的十字路口，可能還有三岔路、四岔路甚至多岔路，如果再碰上修路改道，這一套找路邏輯經常行不通。

但男人不同，看地圖時永遠北方在上，以四個大方向為主，北上南下東行西走，遇有彎路時再以東南、東北、西南、西北輔之。注重點與點間的距離是幾哩還是幾英尺，不在乎有幾個十字路口，至於路標更非重點。

由於這天生不同的尋路方式，往往車行半路，愚夫婦便開始大戰。明明前面就是死路一條，他就是要硬開到底，因為目的地在正東方，此路往東自然錯不了。遇上道路中斷，或是同一條街卻分東西（或南北）兩段，或是同一條街突然從某處起換了名字，或是同一街名卻有不同稱呼，如道（boulevard）、街（street）、路（road）、環（circle）、短街（court）、車路（drive）等意外情況時，不會看圖指路的我，馬上成了先生口中的「笨豬」。幾次想要扮豬吃老虎，卻又沒有膽子和某大姊一樣開門跳車而去。

前年聖誕節女兒女婿送了一個GPS給先生當禮物，這高科技的玩意兒馬上成了他的新寵，開年第一天上班便帶著上路。我說：「你又不是不認得上班的路，帶它幹嘛？」他不理我的訕笑揚長而去。下班回來後，先生很得意地告訴我說：「這個GPS還不錯，指示的路線和我平日所走路線完全一樣。」聽得我啼笑皆非。其後，不管是上班、購物、訪友，他都帶著它，一一驗證它所指示的路線是不是對的。

我以為有了GPS從此可以高枕無憂，其實不然。首先，要記得事先充電，否則緊要關頭它便突然失靈，要你個措手不及。再來，其底部塑膠吸盤的黏著力並不是很好，而每部車的擋風玻璃弧度亦不盡相同，再加上氣溫變化有時車窗起霧或帶有水氣，出其不意地它便「哐噹」一聲落地，嚇你一大跳不算，它還即時罷工，逼得你非暫停路肩，重新設定不可。

再度上路後，我得小心翼翼地伺候這位大爺，唯恐它摔著了，碰著了，再不就一路用雙手托著。還有出入公眾場合下車時，千萬記得將它收起藏好或隨身攜帶，如果任它掛在車窗上，很可能引起宵小覬覦，來個順手牽羊。

我們的GPS只有基本功能，在設定目的地時經常有輸入的困難。常常當你剛剛鍵入街名的頭一兩個字母後，它便自動跳出一個不是你要的街名，並堅持己見，不讓你修改。要不就跳出好幾個相同的地址，但分屬不同的市、縣、鎮或郡，攪得你一頭霧水。

通常長途旅行在出門前即預先設定好目的地，途中難免在休息站暫停，上廁所或加油或開出公路去吃飯，這時它就像個頑童似地一路和你頂嘴，告訴你該回頭或該右轉或該左轉，就算你知道該怎麼走，它還是一直囉嗦到你回到它設定的路線為止。

但當你希望它早開金口時，偏又沉默不語，直到離高速公路出口或十字路口二十多英尺時，才告訴你該出去了或該右轉或該左轉。如果時逢塞車而你又卡在高速公路最左線，只能眼睜睜地看著出口擦肩而過。當它發現你犯了錯誤，會自動重新計算替你指路，不會棄你於不顧，只是這一折騰，恐怕要多跑一些冤枉路和浪費一點時間。

不幸的是，GPS和你我一樣也會迷路，尤其是在新興城市或社區。幾年前到波士頓參加婚禮，去教堂時儘管鄉村小路七彎八繞，GPS仍成功地將我們帶到目的地。等到在鄉村俱樂部吃完喜酒後，須穿越一片樹林才能接上回旅館的高速公路。誰知林中小路縱橫分歧，完全無法分辨東南西北，正仰仗GPS指路時，對不起，衛星訊號不良，GPS無法服務。烏漆麻黑中GPS和地圖兩不管用，此時只能憑藉先生特有的方向感，好不容易左彎右拐地穿出了樹林。一上高速公路GPS馬上搶頭功，神氣活現地指引我們回旅館的路線。

GPS指引的路線往往是兩點之間的最短距離，而非最佳捷徑，因此常常放著陽關大道不走，專走些羊腸小徑。在美好晴日藉機欣賞田園風光倒是無可厚非，但在月黑風高的趕路時刻，獨行在前不巴村、後不著店的荒野，就不美了。

有些古老城市的道路並非呈棋盤狀，而是寫意的樹枝狀，道路也不是直線前行而是曲線彎行，街名亦非以數字或字母命名，無從猜測是東西向或南北向。

一次在加州小鎮尋找廢棄的金礦區，即碰上了這種情況，GPS領著我們在丘陵間上行下竄，像走迷魂陣似地就是開不到目的地。火大的先生不斷批評GPS的不是：「往南的道路怎麼叫我向西開呢？」一個回轉，GPS開始不停地告訴他：「你走錯了！」於是他和它一路爭辯不休，兩個小時的車程，我們開了四個多小時才到。結果剛巧那週起夏季旅遊季節結束，只有週五至週一才對外開放，好不容易到達目的地的我們，望著告示牌不禁傻眼，為什麼那天剛好是週二呢？

今夏有事到洛杉磯，行前居住加州的兒子一再叮嚀，租車時一定要加租有即時交通狀況報導的GPS才不會塞車迷路。先生大不以為然，認為憑他幾十年走南闖北的開車經驗，加上現有的GPS哪還會有問題?依然老神在在地帶著老舊的GPS上飛機。

沒想到，租車時一向忠言逆耳的他，居然加租了有即時交通狀況報導的GPS。週五下午五點多由小台北辦完事出來，一上高速公路即身陷龐大車陣動彈不得。他正待開罵，GPS適時開口，領著我們離開高速公路轉上普通公路，時速雖慢但一路通行無阻，順利回到下榻旅館，從此他對它另眼相看。

不過，高品質的服務是需要付代價的，他還是捨不得每月幾十美金的升級月費，因為我們出遠門需要高品質服務的機會不多，現在租用的休旅車本身已設有GPS，不必擔心它脫落的問題，視屏亦較隨身攜帶型略大，他可一路和它對話過招，旅途也不致太過單調乏味，只是我的耳根依然不得清靜。

（二〇一二年一月四日發表於《世界日報》副刊）

活色生香手工皂

先生下班回家，一進門瞄到餐桌上攤開的紙盒，馬上眉開眼笑地問我：「打哪來的糕點？」我不禁莞爾失笑。

這盒幾可亂真的手工皂來自一位素昧平生的文友。住在沙漠地區的她，為了響應教會發起的鞋盒子活動，整個炎熱的夏天閉門在家做手工皂，好將義賣所得購買玩具、糖果及日常用品等小禮物，以填滿一個個彩紙包裝的鞋盒子，然後交由公益團體分送至世界各地貧苦兒童的手中，使他們也能享有一個歡樂的聖誕節。

我認購的這盒，個個色彩造型香味各異，迥然有別於市售皂的粗大厚實與單調。單模打造的「雙飛鳥」中加有牛奶，顏色反如綠豆糕，不同於乳白的「鳳梨」和「蜂鳥與花」，但均為馬賽皂。因其總油量中含有百分之七十二的法國馬賽出產的優質橄欖油，故而命名為馬賽皂，也是優良品質的保證。

中國人喜歡圓，因為無始無終的圓象徵圓滿。她巧妙地將這「天圓地方」的哲理融入了皂中。在砂石基色中散布著大小不等鑲著細邊的圓，質感顏色神似花崗岩，但那乳白鑲邊的圓更像橫切的顆粒紅豆糕，引人饞涎。

從來只知山水可以入畫，但沒想到她居然可將山水入皂。土黃框中乳白底上淺紅、磚紅、淺藍和靛青勾畫出了一方「青山綠水」，框住了她的旅途回憶，亦散發出玫瑰精油的香氣。

雨後彩虹是神的應許和祝福，落入皂中卻化作了「七彩琴鍵」，粉橘底色上五顏六色的琴鍵飛揚起舞，彈奏著屬於夏季橘子冰沙的人間幸福。

由於美中秋冬寒冷乾燥，朋友特別挑選了富含油脂的馬賽皂給我，雖然使用時產生的泡沫不多，但洗後既不覺乾澀也不會發癢，更沒有討厭的油膩附著感，她的細心和貼心讓我深深感動。

每當洗手、沐浴時，目光流連於乳白、粉橘、淡綠、淺紫和微紅之間，心卻游走在沙漠岩石、仙人掌叢、薰衣草和金盞花海之間。空氣中若有若無的玫瑰、甜杏及玄米綠茶香味，讓人憶起春天的鳥語花香與夏日午茶的美好時光；耳邊彷彿聽到似遠似近的琴聲，撩撥起易感的心弦。

小小的一方手工皂握在手裡溫潤如玉，看在眼裡活色生香，無限的創意美感中，讓人更珍惜蘊涵其中的愛心。

（二〇一一年十二月二日發表於《中華日報》副刊）

龍眼補眼

不知何時起經常收到一個名為「桂圓水」的帖子，說是日服一杯不單能滋潤眼睛，還可回復視力，是電腦族和近視族的一大福音。

我是深度近視眼，亦從事電腦工作多年，更在半百之年得了青光眼，眼睛乾澀刺痛與日俱增，尤以冬天開暖氣濕度低時為甚。眼瞼有如一張磨砂紙不時和眼球摩擦生疼，更多的時候似有人在眼睛裡亂針刺繡，痛不可當。每天遵醫囑點處方眼藥水和人工淚液，但成效不彰。

見了這個帖子我自是大喜過望，但一細看方子即如洩氣的皮球，因為所用的材料是十二顆連殼帶核的桂圓乾、四粒紅棗和一小把枸杞。這些藥材在我所住的中西部小城都買得到，稀罕的是桂圓乾要連殼帶核。

教友廖姊妹聽說我多年來為乾眼症所苦，意外於去年夏末給我送來了一大包連殼帶核的桂圓乾，說是她台灣娘家龍眼園裡自產自製的，沒有農藥化肥，可安心食用，同時告訴我此方曾獲她街坊老中醫的推許。

想想即使無益也不致有害，我遂依著方子將所有材料清洗乾淨，將桂圓乾拍裂（拍碎亦無妨），紅棗剪開一二裂口，然後放入馬克陶瓷杯中，注入八分滿的冷開水，蓋上瓷蓋子，放入電鍋中，外鍋放一杯水，蒸好飲用，一天可重複蒸兩三次。

桂圓水沒有一般中藥的苦澀和怪味，黃褐色的湯水略有一絲甜味，較我平日喝的白開水來得有滋味。喝了一陣子，也許因為夏天原比冬日好過，並不覺得有什麼神奇療效，處方眼藥水和人工淚液照點不誤，眼睛亦未大放光明。

到了秋天，桂圓用盡，停喝以後，眼睛又開始乾澀起來，這才發現桂圓水確實有滋潤保濕的功效。續喝了幾個月後，我也說不上來這桂圓水到底好在何處，只知道不喝時眼睛更加難受。

《本草綱目》有云：「以胃治胃，以心歸心，以血導血，以骨入骨，以髓補髓，以皮治皮。」因此國人喜食豬牛內臟。中醫除了講究「以臟補臟」外，亦主張「以形補形」，核桃似腦故能補腦，地瓜如胰自能補胰。

至於龍眼，各家一致認為它味甘性平，有安神補血和助益心脾的功效，就是沒有明目補眼的說法。

但我一再細看這龍眼，殼似眼瞼，白色果肉包覆著黑核就像一顆黑眼珠子，這不是「以形補形」又是什麼呢？

（二〇一二年四月十九日發表於《中華日報》副刊）

一分錢的帳單

去年秋天由底特律開車至多倫多訪友，一路由GPS帶路，通行無阻。中午時分進入多倫多市區後，碰上了幾起車禍，塞車塞到爆。好不容易殺出重圍，GPS竟然亂了方寸，七彎八繞之後將我們帶上了我們極力避免的「四〇七號」付費高速公路。眼見離友人家不遠，也懶得再開出去另找新路，便硬著頭皮開了下去，心裡默默祈禱帳單不要太過驚人。

兩三個月後終於收到了由「四〇七號」公路管理處寄來的帳單，還好只有加幣八點七零元。當時美金對加幣的匯率大約是一比一點零九，先生馬上開了一張美金八點七零元的支票寄去，以為就此無事。

沒想到此事還有下文。兩個禮拜之後，我又收到了「四〇七號」公管處寄來的帳單，拆開一看，簡直不敢相信自己的眼睛，上面寫著，我們還欠他們加幣兩毛錢。

雖然大學時修過的初級會計早已拋到了九霄雲外，但依稀記得如此微小的尾數應該是可以沖掉的，莫非加拿大的會計制度不同於美國的會計制度？秉著民不與官鬥的信念，先生老老實實照開了一張美金零點二十元的支票寄過去，心想這下總該兩不相欠了吧？

然而，人算不如天算，再過兩個禮拜，我們居然收到了「四〇七號」公管處寄來的第三張帳單。這次更離譜，它告知我們還欠他們加幣一分錢。

面對這令人啼笑皆非的一分錢帳單，我打算寄張美金零點零二元的支票寄過去完事，就此一了百了。但學工的先生不以為然，認為我這人是非不分，此事首先不符會計原理，其次與換算匯率不合，就算電腦有效數字再怎麼精確，我們也不致欠他們錢，於是他照例貼了一張美金四十四分的郵票寄去支票美金零點零一元。

這下我真是看傻了眼，不知道這筆帳是怎麼算的？難道郵票、時間都不值錢？到底是誰在擇善固執？還是誰在和誰過不去？

（二〇一一年三月二十五日發表於《世界日報》家園版）

你先生在上班嗎？

三年前剛失業時，驟然面對財務的龐大壓力，心情十分惡劣。枯坐家中，不時有人按鈴推銷或要求慈善捐款，我經常不等他們開口便先表明自己剛失業無法幫忙，大多數的人一聽便轉身而去。過了一陣子，大概口耳相傳，那一年很少有人來打擾我。

去年起，前來按鈴的明顯增多，不再直接硬性推銷，而是要求免費估價。舉凡房子的建造年代、門窗屋瓦何時修過及車道破損、老樹枯萎、蟲鼠為害草皮的狀況，比我還要清楚。

不想浪費他們的寶貴時間，我只能婉謝他們的好意。想不到他們像商量好似的總是立刻反問我：「你先生在上班嗎？」初聞此言，我以為他們同情我失業已久，關心先生是否還有工作維持家計。

一般美國中產階級多是靠雙薪維持，如果有房貸壓力又有孩子念大學，夫妻一人失業很可能會造成家庭財務危機；要是不幸夫妻雙雙失業，房子則很可能會遭到法拍命運。我因孩子大了，一份薪水尚可維持溫飽，雖不致流落街頭，但也沒有餘力大肆翻修房屋。

今春上門的業務員更多了，任何理由都擋不住他們，且一再追問道：「你先生在上班嗎？」我說：「感謝神，我先生還有工作。」他們便接著滔滔不絕地說下去。至此我才明白，言下之意是——既然先生有工作，我就應該照顧他們的生意，幫助經濟復甦，怎能自私地只顧自己？「人饑己饑，人溺己溺」的道理我懂，我不是沒有同情心，但我心有餘而力不足啊！

好多有錢人趁著房貸危機，投資法拍屋，我不能說他們趁火打劫，但至少不該四處炫耀他們的財富，完全無視於原屋主的流離失所，他們才應該是那些業務員訴求的對象。

想起去年冬天，有一位維修工，冒雪開了一小時的車到我們家來修理汽車擋風玻璃，和保險公司拆帳後只有四十元的盈利，在往日是不會有人為了這蠅頭小利長途跋涉的。他說他有三個半大的孩子要養，太太又剛剛失業，他不能不全力以赴。臨別他居然還為失業的我祝福，真是心下惻然。

還有一次用折價券到百貨公司買東西，收錢的老太太直說我們撿到了便宜，而她卻占不到便宜。因為她是金融海嘯的受害者，一生積蓄及養老金全部泡湯，孑然一身的她老來還得打兩份工才能維持生計和享有醫療保險。

聽了我只能再次感謝神，好在我先生還在上班。

（二〇一一年六月五日發表於《世界日報》家園版）

超市裡的哭聲

某天早上帶著兩歲大的外孫女到超市買菜，她乖乖地坐在購物車上不吵也不鬧，圓滾滾的兩個腮幫子如同蘋果般紅潤可愛，不時轉動著烏黑的大眼睛四處張望，並不時用小手指指點點，一一報出她喜愛的水果名稱，那乖巧的模樣讓人疼愛不已。當我滿心歡喜推著她四處走動時，突然傳來一陣陣尖銳的哭聲，在安靜的早晨分外地刺耳難聽。

細聽之下分辨出這不是一般嬰兒的嚎啕大哭，亦非幼兒的無理取鬧，倒像是撕心裂肺的乾嚎，聽得人渾身不舒服，卻不聞父母的喝斥聲，我趕緊繞道別處。但不管我走到哪，這哭聲便跟到哪。心裡佩服這做父母的修養真好，任由孩子如此哭鬧，既不打也不罵，如果換做年輕氣盛時的我，不是一巴掌打下去，便是趁早揪著孩子回家。

為了逃避這如影隨形的哭聲，我草草結束了採購。未料排隊付錢時這哭聲竟又尾隨而至，原來他們無巧不巧地排在我們旁邊，這才看到哭聲出自一位智障女孩。兩位慈祥的老太太正摟著她竭力安撫，也因此看不清楚她的面貌和年齡。

我很想對這孩子說：「孩子！求求你別哭了。你不但哭得我頭痛欲裂，連我的心都哭碎了。」但我說不出口。孩子天生智障已夠不幸了，難道還不許人家哭嗎？心酸的是，孩子還能說哭就哭，而她的父母家人呢？恐怕連哭的自由和時間都沒有。

步出超市，想起一位不能生育的網友，當年決定領養孩子，直到見面時才發現孩子智障，本想打退堂鼓，但被孩子無辜的眼神打動，毅然決然地領養了她。十多年來，她無怨無悔地照顧這孩子的生活起居，無數的挫折、失望、傷心、痛苦和難堪都在她的筆底被淡化了，再三感謝的是女兒給她的完美的愛。只是，如今他們夫妻老了，開始擔心——往後誰來照顧智障的女兒？

網友無私的大愛讓我太慚愧了，居然連半小時的超市哭聲都無法忍受。

（二〇一二年十二月二日發表於《世界日報》家園版）

上錯廁所推錯門

在美國住久了，發現一般廁所牌示幾乎都已標準化，文字加上著褲或穿裙的男女人像，不管識不識英文，只要看圖就能分出是男廁還是女廁。家庭式（Family）或不分性別（Unisex）的廁所，亦能看圖會意而不致出錯。

公共場合男廁、女廁多是連在一起，不管是同一入口或是兩個分開的入口，通常都是男左女右或男前女後，當然也有男女分層或遙遙相對的例外情況，在緊急的時候，便很容易上錯廁所推錯門。

多年前公司招待我們部門乘船遊河，吃飽喝足以後看到底層船尾有兩間廁所，覷空我便毫不遲疑地閃進了右邊的那一間。出來反手關門時，赫然看見門上有一片沒有圖像的小小牌示，上面清楚地寫著男廁（Men），嚇得我一溜煙奔回甲板，好在沒有被熟人撞見。

另一回出糗則是發生在速食店裡。照理說速食店雖有大小之別，但格局設計都是一樣的。這家速食店的廁所位於一個短小的通道內，女廁往右，男廁往前，是我素來的認知。吃完牛肉餅兩手油膩，我急著去洗手，自然而然地往右推門而入，一排開放式的小便池嚇得我目瞪口呆。突然靈光閃現：「莫非我進錯了廁所？」慌忙退出，溜進了緊鄰的女廁。所幸午餐高峰時刻已過，裡外無人，才不致發生尷尬情況。

奇怪的是，先生上班的汽車公司總部建築雖新穎堂皇，廁所卻無統一規畫，有同一入口兵分兩路的，有各自為政互不干擾的，有男左女右的，也有男右女左的，教人撲朔迷離，一時難辨雌雄。工程部門一向陽盛陰衰，在公司倒閉、大舉裁員之後，男女員工比例更加失衡，於是許多女廁紛紛改為男廁。

有一天，因受涼有些拉肚子的先生，好不容易憋到會議結束，便急忙衝向附近的廁所，剛好一輛清潔車擋住了門上牌示，他慣性地進了左邊的這間。裡面沒有開放式的小便池，全是密閉的隔間，而且一反常態空無一人。他以為又是一間由女廁改成的男廁，放心地進了靠門的第一間。當他「洩洪」完畢準備起身時，有人推門而入，高跟鞋不偏不倚地進了緊鄰他的那間，大驚失色的他馬上抬高雙腿免得「露出馬腳」，祈禱她趕快出去。

誰知她坐下後竟講起了手機，直到先生雙腿發麻快撐不住了，她才開門出去，卻又慢條斯理地用肥皂洗手，然後烘乾擦乳液。終於清洗完畢可以走人了，她的手機偏在此時響起，先生急得一佛出世二佛升天。好在她邊接手機邊往外走，等她前腳出門，他後腳便溜了出來。萬幸沒人瞧見，否則這上錯廁所推錯門的後果不堪設想。

（二〇一二年三月一日發表於《世界日報》家園版）

沒有麵條的海鮮麵

多年不見的好友自紐約來訪，臨別那天中午，我們請她到附近的韓國餐館吃中飯。這家餐館是兒子的最愛，但我們自己很少來，也不會點菜，只因離家近不致耽誤登機時間才選了它。

一進門我們三人都被櫃台上展示的今日特餐所吸引，尤其是中間的那碗海鮮麵。烏冬麵上鋪著滿滿一層的蝦仁、小墨魚、蜆肉、木耳、青菜和荷包蛋，五彩繽紛，十分吸睛。落座後翻開菜單，左看右看，還是覺得那碗海鮮麵最吸引人，於是我們三人都決定點它。

韓國女侍禮貌非常周到，但英語不太靈光。好友首先問她：「海鮮麵可不可以不加辣？」她說可以。先生接著說他的麵只要小辣，而我的是中辣，她連連彎腰點頭表示一切沒有問題。

等小菜吃得差不多時，她首先端來了好友的不辣海鮮麵，少了那層紅豔的辣椒粉，視效大打折扣，湯面上的配料寥寥無幾，和櫃台上的那碗麵相去太遠，看了三人都很失望。

接著她端來了先生的小辣和我的中辣，當場讓我們傻眼。小板凳似的小火爐上擱著一個鐵麵碗，接著她遞給我們一人一個空磁碗和一不鏽鋼碗的白飯，然後彎腰低首地退去。

我們心中犯疑，莫非韓式的辣與不辣是以火勢大小來區分的？既然吃麵為什麼又給我們白飯？

鐵麵碗裡浮著一層沒有溶盡的辣椒粉，不似平日的紅豔悅目，反令人覺得髒兮兮的，撈了半天，裡面一根麵條也沒有，只有一些魚塊和老豆腐，真不知這是哪門子的中辣海鮮麵？

當時雖是冬天，但在暖氣開放的餐館裡並不冷，小火爐似乎有點多餘，我遂自作聰明地讓先生撤去了小火爐，直接就著鐵碗吃起來。三人愈吃愈犯嘀咕，又不好意思問，便將就地吃完了一餐。

看到帳單上的數字，價錢超出我們預計的許多，我們不想多事便付錢走人。在門口三人不約而同地停下腳步，再次端詳那三份樣品餐。

原來那碗麵的正確名稱就是「海鮮麵」，無所謂辣與不辣，它旁邊的那碗叫做「燙辣海鮮火鍋」。怪只怪我們自己莫名其妙地分了不辣、小辣和中辣。英語不佳的女侍大概只聽懂了「燙辣」（hot spicy）二字，便自動將小辣和中辣升等為「燙辣海鮮火鍋」。然而，兩者價格卻相差近一倍。

步出餐館，一想到大廚和女侍看到我端碗吃火鍋的糗樣，就恨不得有個地洞可以鑽進去。但轉念一想也不能全怪我，很少看韓劇的我哪裡識得這文化差異？而且明明就只是一個鐵麵碗，怎麼可以魚目混珠說是火鍋呢？

（二〇一二年五月二十三日發表於《世界日報》家園版）

【美加遊蹤】

芝城千禧公園走透透

平日經常探望住在芝加哥城西南郊的女兒一家，但每次皆因城區停車不易，始終與名聞遐邇的千禧公園失之交臂。不久前，忍痛花了二十七美元停車費，終於得見廬山真面目。當天芝加哥天氣陰霾，冷颼颼的，好在我穿了連帽長風衣，才擋得住寒風。走出地下停車場，一時分辨不出東西南北，不過高樓聳立中車水馬龍的景象，很快認出面對的是芝加哥市區最繁華的密西根街。於是，漫步千禧公園內，沿途欣賞各知名景點，包括：

雲門（Cloud Gate）

整個園區如長方形的三層蛋糕，東西短，南北長，雲門正處於西邊底層中央位置。臨街花壇種滿了各色鬱金香，可惜巔峰已過，花色略嫌黯淡。拾階而上即是AT&T廣場，其中有最負盛名的雲門。這個三層樓高的鋼雕藝品，因其形似豆莢，被芝城人暱稱為「豆子」。外表光亮如鏡，將四周景物盡納其中，有些許天人合一的味道。

從不同的角度看它，有時像圓形拱門，有時像蘑菇頭，有時像扭曲的甜甜圈，有時像圓球，有時像飛碟，真的如浮雲般變化萬千。站在它下方，來自四面八方的影像恍若置身於照妖鏡之中。平日媒體照片均是藍天白雲的背景，那天卻是個有霧的早晨，四周高樓皆湮沒在濃霧中，不鏽鋼冰冷的原色與霧濛濛的天空合而為一，營造出朦朧迷離的境界，充滿科幻趣味。

波音長廊藝術展

步下AT&T廣場，左右兩邊是波音長廊（Boeing Gallery）。我們習慣性地順著右邊而行，北面長廊上正展示著藝術大師Yvonne Domenge的一組銅雕作品《生命樹》。漆成亮麗紅色的生命樹高達十六英尺，婀娜多姿的樹身上有三片柔美的葉片款款向上舒展，樹旁有兩粒四英尺寬、九英尺高漆成橘紅色的種子。創作概念源於哥倫比亞文化之前的古老傳說，生命樹是連結今生和來世的象徵，樹身充滿活力，新生種子雖然脆弱但蘊藏無限生機。大師的另一組鋼雕球體則展示在南邊的波音長廊上，分別是十三英尺高的黃絲帶球、十一英尺高的白色風浪球和十英尺高的藍色珊瑚球，雖然挑戰空間和地心引力定律，卻巧妙地呈現出宇宙中的優美和諧秩序。

雷格廣場（Wrigley Square）

公園底層西北角的方場正位於波音北廊的下面，有一個小噴泉，北端由半圓形的希臘廊柱環繞，南面則是大片綠草地，整體呈現長橢圓形，簡潔明快，有種古典質樸的美。拍照時有三隻綠頭鴨正在草地上覓食，原怕拍照會驚擾了牠們，沒想到牠們筆直向我們行來，以為我們手中有食物。

王冠噴泉（Crown Fountain）

位於西南角的王冠噴泉吸引遊客，是為紀念芝加哥Crown家族而命名，長方形磁磚地上矗立著兩座五十英尺高的建築物，南北相對有如兩棟大樓的縮影，流水由樓頂沿著外牆細細噴灑而下，造型已和傳統式噴泉大相逕庭，內裡更充滿高科技玄機。

王冠噴泉

相對的兩面牆大約每隔五分鐘會顯示出不同的人臉影像，臉部有不同表情，或眨眼或張嘴，如果張嘴會有一股噴泉由口中噴射而出。在等候噴泉時，我們漫步在噴泉上方的波音南廊，近距離欣賞到了大師的三個球體藝品，流暢優美的線條和鮮豔的色彩在綠樹叢中格外耀眼。幾分鐘後看到一股噴泉由北邊人像嘴中流瀉而出，正好有遊客在泉邊取景，我們捕捉到了噴泉澆頭的有趣鏡頭。

綠蕾花園（Lurie Garden）

這個占地二點五英畝的花園，種植多種多年生的球莖花、青草、灌木及樹木，是世界上最大的屋頂花園。有幾棵紫荊尚未凋謝，淡紫樹影和白色的水仙、鬱金香相映成趣，白色海鷗及紅翼黑鳥在其間翻飛低唱更添情趣。此時晨霧更濃，四周大樓如冰柱漸融，還真應了「霧中看花」這句成語。

室外劇場（Jay Pritzker Pavilion）

由花園往北上行即是園區的中心建築群，包括北邊臨街的室內劇場（Harris Theater）、室外音樂劇場（Jay Pritzker Pavilion）及大草坪（Big Lawn）。室外音樂劇場為摩登的不鏽鋼建築物，除了有四千個室內座位外，大草坪上增設七千個座位。室外音樂劇場隱於翻捲的弧形不鏽鋼片之中，猶如張牙舞爪的大蜘蛛，大草坪上覆蓋的弧形網狀金屬支架構成巨大的蜘蛛網。劇場雖在室外但音響效果絕佳，交響樂團、合唱團、古典音樂、搖滾樂、歌劇演唱均曾在此演出過。

BP天橋（BP Bridge）

這條九百三十五英尺長連接Jay Pritzker Pavilion和Grant Park的人行陸橋，完全顛覆傳統陸橋的材質和造型。陸橋由水泥建造，外體包覆弧形不鏽鋼片，人行道為硬木地板，整座陸橋蜿蜒如蛇，凌空橫跨交通頻繁的哥倫布街。

格蘭特公園（Grant Park）

園內遊人稀少，但成排梨花樹在濃霧中如浪花翻捲，東邊密西根湖依稀可見。回頭往上看，高樓環伺中的千禧公園，宛如神仙遺落人間的聚寶盆在霧中發光，披著銀鱗的騰空蛇妖正與盤絲結網的千年蜘蛛精纏鬥不休。在回程中我一路猜想著，最後將是誰勝誰負？

（二〇一三年一月十三日發表於《世界日報》走馬花旗）

愛米希人的足跡

日前看到一份印第安納州旅遊文宣，得知印州有愛米希人（Amish）的部落。對愛米希人的歷史文化素無研究，吸引我的是文中提及的拼布手藝，尤其是沿著文物徑（Heritage Trail）散布的拼布花園（Quilt Garden），於是利用勞工節長週末一探究竟。

文物徑全長一百九十哩，途經七個小鎮，計有十九座拼布花園和十八幅手繪拼布壁畫（Quilt Mural）。起點是位於Elkhart市區的接待中心，外牆上有一幅手繪拼布壁畫，裡屋則懸有多幅手工精美的抽象拼布藝品，均值得一看。

由接待中心南行，首站是占地三十六英畝的Wellfield Botanic Gardens。放眼望去是一大

《希望之星》

片蓮花池，四周有小橋流水及雕塑藝品散布其間，環池有漂亮整潔的石磚道引至二十四個花團錦簇的迷你花園，豔冠群芳的是以印州藝術家Diana Bennett的拼布藝品《希望之星》為藍本的拼布花園。金盞花、秋海棠、金線蓮、香雪球及長春花等拼成大小重疊的四角星形圖案，在陽光池水的映照下一派金碧輝煌，期能帶給乳癌患者無窮的希望。

建於一九一〇年的Ruthmere，擁有豐富的藝術收藏品和美好的花園，曾為當時的社交中心。林木掩映的三層樓豪宅面河而立，欄杆矮牆上有兩道鐵柵門，主樓以迴廊與花房相連，灰色石磚牆上沒有過多的繁瑣雕飾，顯得古樸。可惜錯過了付費導遊時間，未能見識屋裡的豪華。不過，隔壁的拼布花園免費開放，藍、白二色的圖案素雅怡人。

由此沿著聖約瑟河東行，不遠處是Linton's Enchanted Gardens，這名稱十分吸引人，到了一看才知是以庭園造景為主的園藝中心。大量盆栽依氣候屬性分區擺設，各以一棵魔法樹造型的牌示標明，兼有迷你童話屋及城堡點綴其間，難怪自稱「魔法花園」。

東鄰Bristol城內有一座建於一八三二年的穀物磨坊Bonneyville，它是印州現存最古老的穀物磨坊，至今仍能以傳統方法生產麵粉。三層紅色木樓前有小橋流水及馨香花園，好似由油畫中走出來的田園風光。木樓內燈火昏黃，木板咯吱作響，龐大複雜的機器由頂樓轟隆而下。一百多年來機器未曾停止運轉，時光卻似在此駐足不前，眼前彷彿有身著古裝的工人農婦正忙進忙出的製造麵粉。

之後的Middlebury是另一典型的鄉村小城，寧靜中未見任何特色，卻隱藏著一座精巧的花園Krider Garden。它原是Krider園藝中心一九三四年參加芝城博覽會的展示品，於展覽結束後由原主購回部分在此永存。裡面有紅磚步道、噴泉水池、雕像花亭、水輪磨坊、荷蘭風車和拼布花園，其中最獨特的是濃蔭覆徑中的蕈形涼亭，頗有童話情趣。

此城另有兩處拼布花園，但我們在鄉村小道上繞來繞去均未找著，只好前往南灣預訂的旅館過夜。次晨由南灣回到文物徑續往南行，在Wakarusa小城看到了名為「砌磚」的拼布花園，由紅色鼠尾草、紫色牽牛花和黃色金盞花鑲嵌而成的格子圖案，是最平常不過的拼布圖案，但因此處日照充足，即使在陰暗的颱風天也一樣燦爛耀眼，和牆上的拼布壁畫相互輝映。

文物徑的西南角是小城Nappanee，市區滿是十九世紀的建築物，以古董店、家具店及手工藝品店為主。目前有三千五百多位愛米希人居住於此，街道上不時可看到黑色四人座的馬車滴答來去。市區十分整潔，但因行駛馬車，難免有馬糞殘留，以致空氣中飄有異味，還有汽車和馬車並行，予人時空錯亂的感覺。

欲窺愛米希人的生活形態，Amish Acres是很好的去處。這座占地八十英畝的農場，由印州第一位德裔愛米希移民Stahly於一八七三年購入，贈與其子Moses，前後有三代親族在此居住。

農場外圍有穀物磨坊、起士店、餐廳、紀念品商店、旅館及有名的紅色圓形穀倉戲院等新舊建築。引人注目的是隔街二千五百平方英尺的的「條狀」拼布花園，秋海棠和雞冠花拼出愛米希人傳統的紅黃間隔條狀圖案，十分壯觀。

農場內部可付費乘坐四輪馬車參觀，中為池塘，周圍散布著薄荷酒廠、儲冰室、楓糖營、蘋果汁廠、單房學校和鐵匠鋪等老房子，有趣的是馬廄內停放著各式馬車、拖車及農具，宛如西部電影場景。

數街之隔有另一拼布花園「和平愛米希」，面積不及前述的「條狀」拼布花園，但以紅、白、黃、藍、紫、黑多種色彩和複雜的幾何圖案取勝。中心白色長春花塊上用黑色蒼龍彩衣草拼出愛米希馬車形狀，並飾以真正的愛米希馬車輪胎，不僅別出心裁且具有立體效果。

離開Nappanee前往Goshen途中，順道拜訪了位於New Paris境內的圓形年曆花園（The Calendar Garden at Defries Gardens）。園中心為一蓮花池，東西和南北十字步道將花園分為四塊派餅，依順時鐘方向展現冬春夏秋四季植物風情。四個方位頂端各有一標誌物，玻璃溫室象徵欣欣向榮的春天，敞開的房間聯想適宜從事戶外活動的夏天，帶有雙重維多利亞式門廊的小屋代表宜內宜外的秋天，壁爐與彩繪玻璃明示歡樂假期的冬天。圓形步道內圈依季節分為四段，外圈則依月份細分，地上石磚更逐一刻上日期，四周植物花卉景觀不同，可說一步一驚喜，值得流連玩味。

Goshen位於愛米希郡的心臟地區，以其古典的法院大樓為傲，紅磚廊柱拱形門窗透著古羅馬建築的風格，曾經被選作風景明信片。院後的「自由」拼布花園更為之錦上添花，背景為美國紅、白、藍星條旗，左右兩邊各有三顆對稱的星星，中間是象徵自由的火炬，手把由銀色再生金屬製成，黃、橘二色金盞花構成熊熊火燄，壯觀美麗且寓意分明。

法院大樓的西南邊為建於一八九六年的舊袋場（Old Bag Factory），標誌性的紅磚高

「和平與富足」

圓煙囪遠遠便可看見。工廠早已式微，現為藝術家、古董店和特殊商品店群集之地，木屋、磚牆、鐵道均帶有濃濃的思古幽情。然而，店家門可羅雀，只有「富於變化」的拼布花園和大幅拼布壁畫吸引新人前來拍攝婚紗照。

最後來到文物徑的東北角Shipshewana，旨在探訪城內的兩座拼布花園。其一是位於The Farmstead Inn側門草地上的「雙九補丁」（Double Nine Patch），造型神似數獨圖案，主要花材是秋海棠和藿香，由於面積大而草地坡度小，只能隱約看出紅、白、藍格子圖案。

「和平與富足」（Peace & Plenty）位於對街的Menno-Hof之內，圖案有如改良式的紙風車，計有十六個直角三角形，線條分明和色彩豐富為其特色，藿香、金盞花和秋海棠在紅屋前綠草上織出紫衣朱紅金線絲繡般的華麗，堪為和平與富足的表象。

看過多座拼布花園，雖然規模不若我想像中的大，但種花人的巧思和創意歷歷在目，再一想到陽光、氣候、水分和土壤的配合，不能不感謝無名者大量投入的時間、金錢及血汗。

這一路行來，只有Elkhart的市區較為熱鬧繁華，其餘皆為十足的鄉村小鎮，入目盡是廣闊的菜園和玉米、大豆田，愛米希人的樸實木屋和穀倉疏疏落落，黑色馬車和身著愛米希衣帽騎著自行車的愛米希人間或可見，在這高科技的二十一世紀不知是誰成了誰的風景線？

（二〇一二年十月十四日發表於《世界周刊》No. 1491）

尋巫訪岩威州行

岩上屋，魔幻世界

國慶長週末遊威斯康辛州，我們於早上九時（東部時間）由底特律西郊出發，經芝加哥、麥迪遜（Madison），先造訪位於麥迪遜市西邊五十哩Spring Green的魔幻世界——岩上屋（The House on the Rock）。

沿路丘陵起伏，林木蔥蘢，黃、白、紫諸色小野花迤邐開遍。途中有一觀景台，可遠遠望見對面山谷中有一白色尖細機翼狀的建築物，遙遙指向右邊的巨岩。在這樣的荒郊野外，突然看到拔地而起的巨岩，我除了讚嘆別無他想，但看在Alex Jordan的眼裡卻是夢想的起點。這位歐洲移民後裔於一九四〇年在Wyoming Valley第一次看見那塊高六十英尺的煙囪岩時，便愛上了它，想要在上面蓋一棟日式房子，好安置他的圖書、音樂及雕刻收藏品，並作為私人休憩度假的地方。

他沒有受過任何正規的建築訓練，也沒有設計藍圖和企畫案，全憑著繁多的工作經歷和一股追夢的熱勁，一磚一石地揹上岩頂，蓋成了這棟有十三個房間的獨一無二的岩上屋。由於聲名日盛，參觀者眾，遂於一九六一年開放大眾參觀。其後隨著他個人收藏的增加及擴建，這裡已形成了共有三大區域的魔幻世界，每年吸引五十萬名遊客。

入口處兩盞高大的阿拉丁神燈造型花壇，將我們引入了神祕氛圍的仿木日式庭園，也就是第一大區域。首進平房是購票中心和紀念品商店，女廁所內有兩個櫥窗擺滿了各式洋娃娃。

穿過花園迴廊進入第二進平房是Alex Jordan紀念館，內有他的藏書、座椅、收藏品及文字說明。設有陳列櫥窗的長廊連接到原來的岩上屋，可惜看不到當年攀登木梯直達岩頂屋前的原始風貌。

房內屋簷低矮，光線昏暗，周圍有很多的東方式格子窗，有的透明，有的鏤花透藍光。廚房、客廳、壁爐、音樂間、起居室一應俱全均鋪有地毯。房間隨岩勢上下高低起伏，大小形狀不一，雖以磚牆隔間，多處仍可見當初的大岩石。

顏色、花式各異的檯燈、吊燈點綴各處，營造出不同情趣。我最喜歡的是起居室裡的蘑菇形檯燈和咖啡桌，同樣的彩色鑲嵌玻璃上滿是花卉圖案，彼此輝映，十分華麗。有一牆角，兩壁藍光鏤花格子窗呈四十五度角向外斜伸，磚砌窗台上墊著長條棗紅軟墊，搭配著彩色鑲嵌紅花玻璃吊燈，烘托出迷人的羅曼蒂克氣氛。

東方風味濃厚的的收藏品如佛頭像、日本玩偶、和式屏風等隨處可見。一組疑是關公的鐵雕置於旋轉梯的角落；一方彩色玻璃鏡片鑲嵌的樂器圖填補一三角空檔，一處迴廊窗飾是教堂彩繪玻璃，皆各得其所，恰如其分。

一九八五年於岩屋外新添了Infinity Room，名為室，實為一二百一十八英尺長的懸空封閉長廊，共有三千二百六十四個格子窗，峽谷風光盡收眼底，至此頓悟這就是我們在觀景台上看到的白色物件，不是機翼，而是無限想像的翅膀！

回到岩屋再轉過一條暗巷即進入第二大區域，首先映入眼簾的是昨日之街，小街上有藥店、磁器店、旅館等均維妙維肖。引人注目的是街底的一巨形氣聲風琴，其上有許多長短大小不一的金屬音管及空玻璃瓶，投入代用錢幣即能發聲演奏。

接下來是三層起伏飛船形的海洋傳承室，以二百英尺長的鱆鯨大戰模型為展示中心，順著迴廊盤旋而上可見鯨魚的森口白牙栩栩如生。沿壁櫥窗內滿是船隻模型，精細逼真的做工足可讓雅好此道者在此流連半天。

下一個是以懷舊音樂為主題的紅廳。其中一角再現歐洲宮廷音樂廳，絲絨天花板上垂著水晶吊燈，織花地毯上有長鏡裝飾，鼓鈸、風琴、鋼琴、洋琴和大小提琴應有盡有，一派金碧輝煌。

轉角處則是一台龐大的東方音樂機器。一排大紅燈籠下，塞滿了鍍金人像及鼓鈸笙簫等東方樂器，給我的最初感覺是不倫不類。再一細看，中間有一神龕似的東西，中坐一人正在橫眉豎目地擂鼓，座前立著兩隻似龍又似麒麟的雕像，莫非這是日本天皇行樂圖？投幣演奏的音樂除了熱鬧，聽不出名堂。

紅廳顧名思義以紅色為主，紅色地毯、帷幔和巨大的紅燈籠水晶吊燈交織出一片詭異的魔幻色彩。歡快的遊樂場音樂吸引你向前，號稱全世界最大的遊樂旋轉盤赫然在眼前出現。由二萬個燈泡裝點，計有二百六十九個手工製作的動物坐騎，而其中沒有一個是木馬。繽紛熱鬧的聲光幻影，使人跌入失去已久的童年舊夢。

緊鄰的寬敞大廳內，充塞著巨型鼓架、音管及各式機器音樂台，彷彿走入了音樂叢林。印象深刻的是空中兩個半圓平台上的管風琴：一個是手風琴的造型，旁邊有吹號的天使，另一個則是圓形劇場的造型，真是各具巧思。

逛到此處早已眼花撩亂、飢腸轆轆，顧不得觀看其他小件收藏品，陣陣披薩香已適時地將我們引進了販賣簡單三明治和披薩的小吃店。可喜的是，食物不難吃，價錢亦算公道。到此千萬別錯過了女廁所內的好風光，一面牆上擺滿了彩色玻璃器皿，另一面牆上是滿櫥的洋娃娃。室外有一方巨岩聳立，可惜不是在觀景台上看到的那塊。

午餐後進入第三大區域，包括遊樂旋轉盤、風琴室、洋娃娃室、馬戲室等，幾乎所有童年時幻想擁有的東西，都能在這一償宿願，而無數大小玩偶、汽車、火車模型根本來不及細看。

一艘龍舟上滿載各國美女，正神態、姿勢各異地聆聽岸上交響樂團的演奏。其整體都是機器音樂台，投幣演奏時，龍舟美女和交響樂團均煞有介事地動起來，頗有看頭。

其中有一東方室，門首有一尊手持寶瓶的仕女像，裡面有多件象牙雕刻及眾多的日本玩偶，我們為趕時間未及細看。在後花園內流連了一陣子便匆匆北行，趕往距此約六十哩的下一站Wisconsin Dells。

這段路上丘陵起伏，不似密州一平到底的單調。綠色作物因栽種收成期的不同，呈現黃綠深淺的帶狀波浪，在丘陵間上下起伏，間中點綴著大紅穀倉及白牆藍窗的歐式農舍，加上車少人稀，確有幾分月曆上的田園風味。

巫影岩蹤，風光奇特

四百三十五哩長的威斯康辛河是威州境內最長的河流，北流至北密西根州，南匯入密西西比河。一九〇九年在Wisconsin Dells市修建了第一座水壩，由此分為Upper Dells和Lower Dells，皆以奇特的岩岸風光著名於世。至於市名乃出法語英譯而來，意指平坦多層次的沙岩地貌。

我們抵達Wisconsin Dells時已是下午二時五十分，Upper Dells遊船將於三時開船，匆匆買票，來不及擦防曬油和拿帽子即跳上巴士直奔碼頭。無奈甲板上已無空位，只能在底艙中間找到幾個空位。開船後晃盪得厲害，雖能聽到導遊解說但視野受阻，只好折返甲板。所幸有人前往底艙，我們遂得以就座，但已錯過了峽灣入口處東邊高六十五英尺的高岩（High Rock）及西邊的羅曼史懸崖（Romance Cliff）。

坐在甲板上果然視野寬闊許多，卻也因陽光直射燠熱難當。河水因有鞣酸故呈暗濁的軍裝綠，與萬里無雲的藍天不太協調。兩岸俱是層層疊疊的土黃色沙岩，如粗壯圓柱綿延不絕。由於沙岩質地鬆軟，其上綠樹蔚然成林。

巫婆峽谷

船行不遠便可看到印第安勇士黑鷹的側面半身像（Black Hawk's Profile），相傳他曾避難於此。沒人見過他，不知到底像不像？不過，岩壁上天然形成的側面頭像的確很像印第安人，而且是複製並排的兩個側面頭像，真是不可思議。

一處狹長岩壁號稱鱷魚頭（Alligator's Head），但因水勢深淺和陽光角度的關係不易分辨，不像孤立岸邊的巨盾（Giant's Shield）讓人一目瞭然。

第一停靠站是巫婆峽谷（Witches Gulch），也許是巫婆在此處施了法術，峽灣內河水翠綠如浮萍。兩邊陡峭絕壁中有一條寬僅供二人並行的木棧道，岩壁如小兒堆積木似地層層上疊，有的頭重腳輕，有的穩如寶塔，其上時間流水刻畫的痕跡宛如波浪起伏。木棧道下有一條小溪，在斷崖處形成一個迷你巫婆瀑布（Witches Falls），流入一長方形的巫婆沐浴盆（Witches Bathtub）。續往前行，小路突然轉彎，上面兩邊岩壁幾乎互撞，看不清來路，難怪叫做「幽靈小路」（Spooky Lane）！

峽谷內是小片狹長空地，有紀念碑、停車場、小吃店和廁所，想不到除船以外背後另有小路能開抵此處。幾乎所有老美都忙著在此買冷飲、冰淇淋，我們則忙著避開人群回頭拍照，也因而發現來時錯過了的巫婆窗（Witches Window）。在一個轉角有一女王頭似的岩柱頂著千斤頂似的巨岩，挨著旁邊的岩壁剛好形成一個倒三角形的小洞，被發現者命名為「巫婆窗」。試想像，在月黑風高的夜晚，不管從哪個方向，望向窗外和巫婆借光的畫面，不啻都是拍鬼電影的絕佳場景。

離開巫婆峽谷後河面變得開闊，河水亦呈現慣見的藍色。遊船在此回頭，停靠第二站——立岩（Stand Rock）。四十七英尺高的立岩孤身隱藏在岸邊樹林裡，從水上是看不見的。一塊十二乘二十英尺的平台似岩板，由一根上細下粗多層次的岩柱頂著，也像一個被削平了頭的大蘑菇。蘑菇本身不稀奇，使它揚名立萬的是攝影家H. H. Bennett的一張經典照片——圖中他的兒子Ashley正由主懸崖跳向五英尺外的立岩，懸空跳躍的身影清晰可見。一九四〇年起改由訓練有素的狼狗表演此一跳躍奇技，亦成了遊船公司的最大賣點。非常幸運地，我的傻瓜照相機捕捉到了這驚鴻一瞥的鏡頭。

不出所料，此地也設有小吃店和廁所。回程時仰望懸崖絕壁，有一四方形平面岩板向外突出，讓我想起電影《星際大戰》中Darth Vader的頭盔，老美則老實地命名為Visor Ledge。登船處一排圓圓墩墩的岩柱穩如木樁站立著，最前面較矮的一墩由側面看活像戴著禮帽的玩具熊。

船近終點有兩位少年駕著水上摩托車在船的兩邊疾馳飆行，水花四濺中贏得眾人喝采，二小時十哩的遊程便意猶未盡地在歡聲笑語中結束。

岩島驚豔，如夢似幻

回到位於水壩處的售票亭，用過簡單餐點略事休息後，正好搭上六時三十分的Lower Dells遊船。不料一共只有六位遊客，我們四人便坐了甲板頭排最好的座位，視野一無遮攔。此時太陽落在背後，加上涼風習習，河水泛著藍光，極為賞心悅目。

兩岸堆疊的岩壁如城牆般一字排開，不似想像中的雄偉險奇，只是無言地見證著歲月滄桑。若非導遊解說，我怎麼也看不出有一頭牛在牛奶瓶中（Cow in the Milk Bottle）的天然壁畫。臨水處有一平頂中間微凹的大岩石是講壇岩（Pulpit Rock），岩腳右側有一似鋼琴腳似的鐵灰色細岩柱斜向伸出，支撐著鐵灰色如琴身的傾斜平面岩，構成了著名的迷你演奏鋼琴（Baby Grand Piano）。

遊船南行轉東後右側有一群懸崖峭壁團聚如島狀凸出河岸，左上端有尖如鷹喙的峭壁指向天際，因而被命名為「鷹喙」（Hawk's Bill），不僅因其神似，也為紀念原住的鷹族部落，而雄鷹英姿至今可見。

船過鷹喙後好像闖入了人家的後花園，藍天碧水之間浮現著三座如夢似幻的岩島，岩頂還長著綠樹。右前方兩島並列，很像是一分為二，中間有一如月洞門似的狹窄水道可供船隻來往。左邊的較大名為「糖罐」（Sugar Bowl），右邊的略矮小喚做「孤立岩」（Lone Rock）。沒聽清楚導遊解說，自己也看不明白，也許在久遠年代只有這樣俗不可耐的名字才足以傳神。岩島形似由數個圓柱高腳拱著的大花盆，柱與柱的弧線之間形成小小圓形洞穴，相互遮掩，無從一窺究竟。岩身上盤旋的道道紋路，是訴說不盡的河水洗禮。

左後的岩島實由一胖一瘦緊挨著的兩塊巨岩形成，瘦的那塊名為Ink Stand，因其旁視狀似往日蘸墨水用的小瓶而得名。遊船到此回頭循原路回去。此時由於陽光角度的不同兩岸岩壁幻化出不同風情，「糖罐」的背面既像側面臥獅又像一條船，船艙有一個月洞門，門上還有一扇圓窗，引人遐思。

遊船北返後，一片夕陽耀眼，藍色河水上泛著絲絲金光。可惜夏陽仍高，看不到落日美景。突然一陣喧嘩，原來是一艘鴨艇（Duck Boat）由岸上衝入河中。這鴨艇乃由二戰時水陸兩棲戰車改裝而成，速度快，富刺激，又能上山下水，深受年輕人喜愛。如果時光能夠倒流，我們肯定會帶著孩子們嘗試鴨艇和全美最大的水上樂園，還有乘坐馬車尋訪失落的峽谷（Lost Canyon）。

（二〇一〇年八月二十二日發表於《世界周刊》No. 1379）

煙雨俄州雲倒影

卡伊歐哈峽谷國家公園（Cuyahoga Valley National Park）位於俄亥俄州東北部，西元二〇〇〇年才成為國家公園，是俄州境內唯一的國家公園。公園面積涵蓋三萬三千英畝，全長二十二哩的卡伊歐哈河（Cuyahoga）貫穿南北，連接Akron和Cleveland兩城。

卡伊歐哈為印第安語發音，意謂「彎曲」。由地圖上看，此河確如幼兒信手畫的一條歪七扭八的曲線，卻在Boston鎮附近形成一個優美的U字形。

經過萬世千年的河水沖刷、冰河推移和氣候變化，才造成了今日峽谷、峭壁、高原獨特的地形地貌。早在一萬二千年前此地即有人煙，卡伊歐哈河是他們賴以維生和對外交通的重要資源。十七世紀時，歐洲探險者和捕獸商的足跡始踏入此處，而隨之而來的貿易商和移民也使得峽谷聲名遠播。西元一八二七年，沿著此河開鑿了一道運河，取代此河成為峽谷區最主要的運輸渠道，亦繁榮了Boston和Peninsula兩個小鎮。只是好景不常，到了西元一八六〇年，沿著運河修築了鐵路，於是火車又取代了運河的功用。隨著時代的進步，今天的火車早已淪為觀光工具，並行的Towpath Trail才是單車、健行的新寵！這一道又一道的歷史痕跡實堪玩味。

公園裡有森林草原、沼澤濕地、瀑布溪流及岩石峭壁，孕育了繁花茂樹，亦養活了

Station Road Bridge

蒼鷺、啄木鳥、鹿、浣熊、松鼠、鴛鴦、烏龜和水狸等鳥獸。眾多的本生野花和楓樹、白樺、山毛櫸及鐵杉樹群，使得此地春花燦爛、秋葉豔麗，遂因而頗負盛名。不過，超過一百二十五哩的人工步道同樣膾炙人口，因為它可供步行、騎單車、騎馬和滑雪等多樣野外活動。公園終年免費開放，四季皆宜。

我們一行四人從密西根州南下，於週六近午時分由北端入園。首先造訪運河遊客中心，工作人員給了我們詳盡的景觀解說和路線圖，於是隨著Riverview Road由北而南展開了第一天的行程。

小橋流水，別有洞天

駛過高架的Station Road Bridge來到橋下的Brecksville Station，樸實無華的小火車

站孤立在秋陽之下，冷清的現況難以想像當年客商往來的熱鬧景象。林木掩映下有一座小橋，卡伊歐哈河潺潺流經其下，立於橋上抬眼北望，不意剛剛經過的Station Road Bridge就在眼前，更想像不到平直單調的橋面下別有洞天。

各個橋墩之間以弧線相連形成優美的波浪狀，弧線與橋面之間是一排鬱金香花狀的廊柱，於藍天白雲下映照在河水中，好像是連接天上人間的月洞門，教人浮想聯翩。

沙岩、頁岩，見證滄桑

六十英尺高的Brandywine Falls無論高度、寬度均無法與素來認知一瀉千里的瀑布相提並論，但它的沙岩、頁岩卻是由千萬年的海水切割、沖刷而成的，每一石階都見證著歷史的滄桑。

下行的木梯隱蔽在林蔭深處，與四周景色自然貼合，Brandywine Creek在腳下曲流輕唱，瀑布在前方聲聲呼喚，變色的楓樹在頂上撐起了一把又一把的花洋傘，乘隙灑入的金色陽光照亮了滿地斑斕的落葉，惹得我一步一回頭，唯恐錯過了任何景致。

當我們站在瀑布上游往下望時又是另番景致，但見藍天白雲在上，汩汩流水在下，原先的花洋傘此時搖身一變在天水之間如畫卷展開，寫滿了詩情畫意，如醇酒醉人。

山丘步道，風景獨特

Ledges Trail，這條位於小山丘上一點八哩長的步道風景獨特，我十分喜愛。進入步道不久便是聞名的Ice Box Cave，裡面寒冷如冰因而得名。黑漆的洞口深不見底且有積水，我們沒有帶手電筒也沒有穿雨靴，不敢貿然入洞。

繞過此洞兩塊巨大岩壁中的窄縫引誘我們入內一窺究竟，側身而入兩壁之間竟有一條小胡同似的窄巷。步出窄巷一段下行岩梯夾在另兩群岩塊之中，苔深沙滑。正遲疑間，只見老美孩子連滑帶跳地呼嘯而過，不禁鼓起勇氣攀爬而下，其實並沒有想像中的困難！

走出岩洞，眼前豁然開朗，步道的一邊是蒼鬱的樹林，另一邊是苔綠的岩壁，如一道綠色長城將外界隔絕。岩塊的形狀千變萬化，岩身上的道道橫紋是流水刻畫的痕跡，斑駁的色彩是光陰留下的印記，個人的想像力在此得以發揮至極致。

頁岩層層堆疊，就像是千層派或銀絲卷，有的看似人面獅身像，又有的彷彿抹香鯨出水。直立在步道中央的三角形岩壁似屏風也像路標，獨立巨幅壽屏前的桃形岩石分明是西天王母娘娘遺落人間的拜壽石。兩墩巨大的方形岩柱矗立山頭，就好像扼守隘口的兩座城門樓，隘口前方居然還有一塊下馬石。

步道盡頭是位於山頂的觀景台。多人坐在大石頭上曬太陽，看遠山近樹。此處秋意未濃，仍是綠肥紅瘦，卻是觀賞日落的絕佳景點。奈何其時日頭尚高，我們無法久候。

沼澤觀鳥，翻飛起舞

Beaver Marsh，根據旅遊指南，這片沼澤地是觀花賞鳥的好處所——地錢、茜草、紫菀、一枝黃、鳶尾花和蓮花，由春至夏一路開遍；春江水暖群鴨戲水不足為奇，令人期待的是藍蒼鷺和紅翼黑鳥的翻飛起舞。尤其是清晨，一片水霧迷濛，像潑墨山水畫，更像煙雨江南，讓人無限神往。

可惜我們來的時候季節不對，十月中旬，春花已謝，夏蓮半殘，不見藍蒼鷺和紅翼黑鳥的蹤影，遠處只有一隻母鴛鴦孤單地游著，近處則有一隻大白鵝對著我們嘎嘎亂叫，而我們的笑語聲卻驚跑了木道下數尾碩大的鯉魚。黃昏時分自然也見不到只在清晨出沒的公園工程師——水狸。

不過，周邊草木秋意渲染，綠中泛黃間有緋紅突現，水域上，半是青青蓮葉，半是雲彩倒影，加上枯枝水草橫斜和水狸的築堤工程，一片凌亂之中竟另有一種頹廢美！

難以相信眼前的這片沼澤地曾為七十年代的垃圾場，卻在公園工作人員及水狸的努力經營下，於八十年代轉化成了眾多蟲魚鳥獸的再生棲息地。

驛路易行，單車最愛

Ohio & Eric Canal Towpath Trail，這條沿著運河和卡伊歐哈河的驛路步道平緩易行，可說是公園心臟，更是單車族的最愛。步道行經草原、森林和濕地，可觀賞不同的動植物自然生態。

原定週日上午循著前人步履，走進時光隧道緬懷舊人舊物，不巧碰到馬拉松大賽全線關閉，只好開車北上探訪東邊的Tinkers Creek。

冰河奇景，引人遐思

Tinker creek是卡伊歐哈河的最大支流，一路東流匯入伊略湖。Tinker Creek Gorge則是由幾千年前威斯康辛州的冰河運動造成的。站在小小的觀景台上，極目四望，但見一匹白練似的溪流深藏在半山秋色之中，格外引人遐思亦顯神祕。只是手邊沒有地圖，也找不到步道入口，無緣一親芳澤。

溪流迤邐，直探谷底

沿著Parkway續往東行，不遠便是Bridal Veil Falls 的入口。掩映在楓紅之下的木梯，沿著溪流迤邐直探谷底。不知是季節還是雨量的關係，水量不豐，涓涓細流不疾不徐地流過頁岩階梯，激起層層水花，面紗已老猶自幽幽訴說著千年心事。

站在木橋上往上看，溪水兩岸諸色紛陳的楓樹交覆成蔭，復又如春花般臨鏡照水。此時朝陽由背後透射進來，霎時金光璀燦直似彩霞滿天，如此美景不單吸引遊人目光，更有職業攝影家在此駐足獵豔。

瀑布歡歌，不絕於耳

位於Viaduct Park的Great Falls是我們此次兩天一夜旅程的最後一站。瀑布高僅十五英尺，但上游岩台寬達八十英尺故而稱「大」（Great）。非逢雨季水量不足，但水聲嘩嘩不絕於耳，Tinker creek千年不倦一路歡快地向東流去。

此地曾為礦區，建有發電所、水堤和隧道，如今早已廢棄不用。岩壁上林木茂盛，秋色撩人，對比谷底的荒煙蔓草、斷壁殘垣，難免有滄海桑田之感。建於西元一八六五年的拱橋依然橫跨溪上，只是其上又起新橋，形成新舊並存、兩橋重疊的奇妙景觀。

（二〇〇九年十一月二十二日發表於《世界周刊》No. 1340）

初遊太浩湖

週五早上從兒子位於加州Rocklin的公寓出發，沿著「八十號」公路東行開向神往已久的太浩湖。這一路雖是盤旋而上的山路卻十分平穩，不像通往優勝美地的山路，不時地來個令人驚嚇的九拐十八彎。車行兩個多小時後，抵達太浩湖北端的Kings Beach。

湛藍的天空下，一脈青山環抱著萬頃碧波。在七月中旬的豔陽下，對面山巔居然有些許殘雪。遠處有浮雲一二，近處有白帆點點，腳下湖水清澈見底，大小石頭歷歷可數，鷗鳥在微風中上下翻飛，這第一眼便讓我迷上了太浩湖。

由於我們只能逗留幾個小時，遂決定開車沿著東岸環湖公路繞湖一周。東岸為地勢較高的山路，盛產名叫Jeffery的松樹，岸邊則多石塊岩層。一些風景較好的地點不是私人別墅、遊艇俱樂部便是被林木遮蔽，車上很難一窺全貌。沿路只要路肩有停車的地方我們便下車拍照觀賞。

有一處山路下，有許多形狀各異的大小石塊散布岸邊又迤邐沒入湖中。眾多遊人在石塊之間跳上躍下，看起來輕鬆自如，我自己行來卻有些吃力。在萬里無雲的晴空下，坐在大石頭上欣賞湖光山色，實不失為賞心樂事。不知是光線角度、湖水深淺還是地質的關係，此處湖水並非尋常的深藍、淺藍，而是色彩斑斕的，一塊藍，一塊綠，如夢似幻，非常好看。

往南的山谷下有許多高大的松樹，結滿了青褐色將熟、已熟的碩大松果，可愛的模樣惹得我很想偷摘幾個帶回家。不久到了South Lake Tahoe，小鎮上遊人如織，餐旅館林立，原來是賭場所在之地。

無意間看到路邊有一個公園並有免費停車場，遂下車停歇。放眼四望，藍天如洗，青山似黛，二三浮雲點綴山頭，層次分明的深藍、藍綠和淺綠的帶狀湖水好似三江並流。水波不興的湖面上遊船點點，有人身揹彩色降落傘由快艇拖者跑，激起一道道白色浪花，有時恰好行經白雲之下，就像是熱氣球從天而降。看到如此良辰美景，不能不感謝美國政府的德政，在這充滿商機的觀光勝地居然留下了這樣一片美地給平民大眾。美中不足的是，沙灘不是白色而是一般的淺黃。

小停Taylor Creek 遊客中心，看了旅遊簡介，才知道位於賭城雷諾之南海拔六千多英尺上的太浩湖，是美國境內最高的高山湖。南北長二十二哩，東西寬十二哩，湖岸線長達七十二哩。湖水湛藍豐沛，無枯竭之虞，亦不結冰。計有六十三道支流，最後匯為Truckee River，流經雷諾城，進入內華達州境內的Pyramid Lake。夏可避暑，冬可滑雪，是適合露營、健行、游泳、划船等多樣野外活動的旅遊勝地。

遊客中心內陳列了好幾個不同種類的松果，最長的有一英尺多長，十分罕見。中心外邊松果散落滿地無人搭理，先生隨便撿了一個，竟有小鳳梨般大，實在是讓人愛不釋手。續往西行，不多久便到了Emerald Bay州立公園。我們以為這是俯瞰Emerald Bay的最佳地點，便付了七元停車費入內。進去以後才發現這只是一個露營營區而非我們以為的公園。不過，其中有一些人行步道，既來之便安之，遂沿著南岸一條一點七哩長的步道走向谷地。

這沿湖的泥巴路兩邊雖長滿了青草綠樹，但谷內潮濕悶熱，一腳高來一腳低，加以貪看湖邊景色，不是十分好走。但不時在眼前晃動的藍天白雲、碧綠湖水，和湖上傳來的歡聲笑語及湖水輕拍沙岸的聲音吸引著我們繼續前行。太浩湖中唯一的小島Fannette Island就在身旁彷彿觸手可及。島上林木蒼鬱，著名的Vikingsholm只能略窺輪廓。大約走了四分之三的路程，為趕時間的先生怎麼也不肯繼續前行，於是和這座建於一九二九年的斯堪的那維亞式的古堡失之交臂。

回頭上坡路較來時稍微吃力些，不過面向灣區出口風景非常秀麗。我們在一大石突出處停下來，好好欣賞碧綠的湖水。一汪碧水清波流轉，粼粼波光中，每一顆圓石和每一道波紋都像鑲了一道金邊，好似仙女由天上撒下了漫天金絲網，想要網住這方遺落人間的綠寶石。

重上「八十九號」公路，轉過一個大彎後，意外地發現了俯瞰Emerald Bay的最佳地點。此處居高臨下，正面對著灣區出口，綠樹環抱白沙為邊的Emerald Bay一覽無餘地展現在眼前，Fannette Island如一顆明珠閃耀湖心。其後是流向太浩湖的唯一狹窄出口，湖水從此由碧綠轉為藍綠和深藍。遠處青山如黛，浮雲似夢，加上清風徐來，真有如身臨幻境的錯覺。

欣賞過Emerald Bay的風采以後，餘下的路程就沒有那麼精彩了！雖另有幾處州立公園，但每一處都要收費七元，不能久留的我們只好過門不入。其後有很長一段湖岸皆是庭院深深的私人別墅，太浩湖成了私藏風景，等閒不得觀之。

最後，回到了初抵時逗留過的Kings Beach，在暮色中對迷人的太浩湖做了最後一瞥。此時雲影改換面貌，山水不似朝陽中的亮麗，卻別有一分溫柔和閒適。不禁感嘆「有錢真好」，可以在私人別墅裡盤桓數日甚至數週，坐擁湖光山色，看日升月落，聽流水淙淙。

（二〇〇九年十月十五日發表於《更生日報》副刊）

初探優勝美地

七月中旬，先生工作的汽車公司停工二週，決定趁此空檔探望搬往加州工作的兒子，並順便走訪幾個著名景點。

先生堅持經濟不景氣無人出遠門旅遊，夏天機票肯定大減價，不必忙著買機票。當底特律直飛沙加緬度單程票一張九十九元時他無動於衷，漲到一百二十九元時他面不改色，再跳至一百五十九元時他仍然處變不驚，直等到預定出發前兩週上網一看才大夢初醒，兩百多元一張的單程票不但得轉機還一票難求。在我們預定的來回日期，所有班機均告客滿，不得已由原定的週六早上出發改為週五下午出發，兩人還得分開坐。等我們租好車子開到兒子公寓時已是當地凌晨一時許了！

「優勝美地國家公園」大名如雷貫耳，神往多年，從未謀面。孤陋寡聞的我只知其地天然風景秀美，並不知能做些什麼，更不知它有多大。由於預算有限而且決定得太過倉促，靠近園區的所有大小旅館、度假木屋早被預訂一空，絲毫不受經濟衰退的影響。最後在離優勝美地四十四哩外的Sonora訂到一間旅館，雙鋪位一夜美金九十五元。

我們於早上九時許出發，照著ＧＰＳ指示的路線前進，一路上都是雙線甚至單線的小路，而非我們在密西根州習慣的時速七十哩的四線高速公路。因為時速由二十至五十五哩不等，故而行進緩慢，一度懷疑GPS帶錯了路。當路標和GPS不一致時，父子倆便為了怎麼走起了爭執，坐在後座的我從而領悟出了一個真理即：「一輛車子裡容不下兩個男人。」

但不管怎麼開都快不了，因為全是山路，且不時來個九拐十八彎，一個山頭翻過一個山頭，山巒起伏，好像沒有窮盡。三個多小時後終於抵達園區入口，林木掩映下只有一個不甚起眼的招牌和一個普通的收費站。入園以後，我們就像劉姥姥進了大觀園似的，不知何去何從。

隨著車隊首先去了Bridalveil Fall。夏天水量不豐，面紗縮成了一束白紗。大塊的岩石，看起來粗糙，踩上去卻滑溜無比，許多遊人便脫了鞋子往上爬。我們又熱又餓，便沒有隨眾一探瀑布上源，而是續往遊客中心。到了遊客中心，才知道什麼叫做「車如流水馬如龍」。在附近不知繞了多少圈就是一位難求，正打算放棄回頭時，左邊有一停車場突然開放，停好車已是下午三點了！

吃完漢堡，聽人說Happy Isles是一個不錯的景點，便隨著人潮搭免費巴士前往。下車後人潮一哄而散，我們只有像傻子似地到處亂走。谷底有一片藍綠色的草原，上面飛舞著黃白野花，在這石頭山中格外招人眼目，至於背後的岩壁瀑布是何景點就不得而知了，只有Half Dom憑其獨特的造型不須旁人指點便能猜到。離開草原轉進樹林，一道溪流奔流在亂石堆中，水花激越，水聲歡快。橫過木橋有許多人行步道，我們往上走了一小段，發現上游溪中有一很小的石頭島，上游溪水在此繞島分流，到達木橋以前又合而為一。在綠蔭下，吹著涼風，望著嘩嘩水流，確能使人忘憂。很想沿著溪流漫步，但為了在天黑之前趕到旅館，不得不匆匆別過。

回程時同樣的九拐十八彎，同樣的藍天白雲、青山綠水，此時卻因光影角度的不同，呈現出濃重的油畫意味。令我深自著迷的是一種不知名的禾草，金黃色纖細的莖上長著點點梭形花穗，漫山遍野地隨風起舞，遠看如金波銀浪，近看似金雕玉琢，撩起無限浪漫遐思。另一讓我印象深刻的是在一大S形轉彎處，有一對青年男女停車外沿的路肩，熱烈地擁抱在一起，似乎是欲以青山為媒、綠水為證，在此情定終身。

次晨，開了兩個小時的車重回優勝美地。為免像無頭蒼蠅似地在園區內亂闖，我們決定花二十五元一張車票搭乘開放式觀光拖車環遊Yosemite Valley一周。在Yosemite Lodge等車時只見挾歐元強勢而來的歐洲旅客絡繹於途，奇怪的是，這些青年男女幾乎人手一煙，將公開場合弄得烏煙瘴氣卻毫不在意。

從Yosemite Lodge出發西行，首站是El Capitan。在導遊解說下，得知Yosemite Valley為一花崗岩牆包圍形成的U形峽谷，東西長七哩，寬一哩，Merced River 貫穿其間。高達三千五百九十三英尺的El Capitan粗獷渾雄地矗立峽谷西端，光禿的岩壁除了高大談不上什麼美感。導遊指出，岩壁最高處凸面上有兩道垂直缺口，和凹面合起來看就像一隻長統靴。缺乏想像力的先生怎麼也看不出來，我則暗自慶幸老美沒有以「長統靴」命名，而是以第一個登上此岩的El Capitan名之。與其相對的是Cathedral Rocks，和三峰相連的Three Brothers。

下一景點是優勝美地簽名照之一的Gaping Mouth。一道清可見底的溪流橫現眼前，對岸是青翠欲滴的草原和成排松林。左邊的El Capitan和右邊的Three Brothers在此處形成一個U形缺口，萬里無雲的晴空偏有三五浮雲在此缺口徘徊，山光水影讓人浮想聯翩。可惜如此美景居然連一個漂亮名字都沒有！心想如果在老中手裡，詩詞歌賦固不可少，另外硬湊也要湊出一個仙女下凡的故事來，不然哪顯得出山水的靈秀來？

接下來的Yosemite Overlook可遠眺正字標記的優勝美地簽名照。長滿松樹的谷地上，El Capitan和Cathedral Rocks、Bridalveil Fall分峙左右兩側，位於峽谷東端的Half Dom則以仰首問天之姿雄踞中間凹處，妙的是也有數朵白雲漂浮其上，替一片湛藍的晴空做了詩意註腳。在峽谷內幾乎任何地方都能看到Half Dom或側或正或遠或近的不同風貌，可惜日照甚高，沒能看到它金碧輝煌的一面。至於它是在何時又是如何一分為二的我沒多大興趣，倒是覺得它看起來更像一個披著連身斗篷的中古世紀頭像，而非白描的「半壁岩」，其後更該有個動人的傳說讓人低迴詠嘆。

車由此處回頭往東行，經過Bridvalveil Fall後，翹首東望，Half Dom居中，同樣海拔七千多英尺的North Dom和Glacier Point分峙左右。在Half Dom的陰影之下，圓圓墩墩的North Dom黯然失色。不過健行客並未冷落它，一樣熱情地攀登，想要征服它。Glacier Point上有絕佳視野可俯瞰峽谷全貌，近覽東面的Half Dom和北面的Yosemite Fall。可惜我們受限於時間，無緣一睹！

續往前行便是昨天到過的Happy Isles，水聲依然動人，草原一樣悅目，漫天雲彩下的Half Dom風情萬種地召喚我們，恨不能化作山頭浮雲在此流連不去。

位於峽谷北面的Yosemite Fall乃北美最高的瀑布。其實它並非一氣呵成地由天而降，而是由Upper Yosemite Fall（一千四百三十英尺）、Middle Cascades（六百七十五英尺）和Lower Yosemite Fal（三百二十英尺）三個瀑布分段合成的。峽谷內幾乎處處可見Upper Yosemite Fall，可惜季節不對，少了一瀉千里的恢宏氣勢，遠觀一如尋常瀑布，也許要攀爬岩壁一探源頭才能體會它的雄偉吧！

峽谷內有許多人行步道，其中最熱門的非Half Dom莫屬。這條八點二哩長的人行步道平均每年吸引五萬多人次。由谷底攀登至海拔四千八百英尺的岩頂，沒有好的登山裝備和足夠的體力實非易事，尤其最後四百英尺光禿的岩壁非常陡峭，必須雙手拉著電纜繩在烈日下前進。不過，據說岩頂風光獨好，才會有那麼多人欲登泰山而小天下。最吸引人的是上面有一Diving Board能一窺Half Dom的神祕面紗。

兩個小時的車程轉眼即過，有人看到了黑熊，有人看到了小鹿，我則看到了逝去的青春！在廣逾三百萬英畝的優勝美地國家公園裡，Yosemite Valley不過是滄海一粟，其中的河湖、山林、瀑布、花鳥、蟲魚，處處驚豔，樣樣嘆奇，自然景觀的豐盛和野外生活的情趣令人不勝嚮往，但想要全家由密西根州至此旅遊度假大不易啊！

（二〇〇九年十月三十一日發表於《更生日報》副刊）

尼克森紀念館，重溫總統之路

尼克森總統紀念館（Nixon Presidential Library & Museum）位於加州的Yorba Linda，與洛杉磯市區相去不遠。紀念館占地九英畝，呈ㄈ形，缺口朝東，入口大廳位於西南角，西廂長廊陳列著家族照片及簡史，北廂是名為「總統之路」的陳列館，南廂的陳列館則做特展之用。

尼克森的父母為愛爾蘭移民，由美東遷徙至加州，父親為天主教徒，性情急躁，只有小學程度；母親為基督教貴格教派（Quaker）信徒，溫和有禮，且受過兩年大學教育，尼克森因此戲稱父母「逆向吸引」。兩人生育五個兒子，尼克森排行老二。少年時全家經營小本生意，尼克森雖然學業成績優異，但囿於家境，未能進入夢想的東部名校就讀。

尼克森在副總統任內曾有過兩次亞洲之行，走訪十九個亞洲和中東國家，人類首次登陸月球、訪問中國、簽署〈上海公報〉、首位美國總統訪問蘇聯和簽署〈巴黎和約〉、結束越戰等均是發生於他總統任內的大事，對世界局勢的影響深不可測。

館內陳列室內擺置尼克森推崇的十大世界領袖的雕像，其中包括毛澤東和周恩來。緊鄰的陳列室內有一座紅色的中國亭子，亭內是尼克森和周恩來把手言歡的雕像，牆上是當年訪問中國的行程表和照片，他和毛澤東、周恩來會晤的歷史鏡頭放置在顯眼位置，但另

尼克森和周恩來把手言歡

一面牆上懸掛著他於一九五三年時在台北和蔣介石夫婦的合照，如此歷史紀錄對照，讓觀者不禁感慨。

尼克森的兩位千金皆由白宮出閣，館內陳設了新娘穿著婚紗及第一夫人穿著晚禮服的人偶。曾經服務過詹森、尼克森、福特和卡特四任總統的林肯牌總統座車亦在此展出。接下來是水門案陳列室，當年的竊聽設備及場景均以模型再現，文字紀錄及錄影音帶沒有經過任何遮蓋塗抹，忠於美國的民主風範和道德勇氣，令人敬佩。被罷黜後的尼克森並未銷聲匿跡，而是著書立說繼續活躍在世界舞台上。一九九四年卒於新澤西寓所，享年八十一歲，北廂陳列館即以尼克森在新澤西寓所的書房做模型。

南廂的特別陳列館正推出尼克森夫人特展，展出她穿過的六套禮服，無論

館外風景

粉紫黛綠均是纖腰一握，第一夫人的嬌小玲瓏可以想見。她曾經主持過七十六次國宴，為歷來第一夫人之冠，使用的描金花卉餐具典雅華麗。緊鄰其旁的則是仿國宴場所的東廳，可供會議或婚宴使用。

三廂包圍的中庭有一長方形水池，水池東端面對的是尼克森父親建造的木屋，也是尼克森出生地。他坐過的兒童高椅、彈過的小提琴及看過的《世界地理》雜誌均在現場，五兄弟的幼年合照掛在牆頭。廚房裡有他母親用過的鍋碗盤瓢，屋前則保有父親親手種植的參天大樹。

木屋東邊停放著一架廢棄的總統直升機，座椅、窗簾都是金黃色，掛在機艙上的紅色電話曾是冷戰時期威震國際的「熱線」。木屋北邊草坪是尼克森夫婦長眠之地，尼克森的墓碑上除了姓名和生卒之年外，還有一行刻字：「歷史賦予他的最高評價乃是和平締造者。」（THE GREATEST HONOR HISTORY CAN BESTOW IS THE TITLE OF PEACEMAKER.）

館區東北角為玫瑰花園，滿植第一夫人喜愛的各色玫瑰，在夕陽中含芬吐豔。屬於尼克森的歷史已然翻過，榮辱得失都成過眼雲煙，個人成敗則留與後人評說。

（二〇一二年六月二十四日發表於《世界日報》走馬花旗）

沙加緬度老城，回味西部舊時光

Tower Bridge

在加州「八十號」高速公路上遠遠便能看到Tower Bridge的兩座長方形土黃色橋樑，駛過此橋便是沙加緬度老城（Old Sacramento）的西南角入口。入眼盡是石磚路、木棧道及帶有迴廊和小陽台的維多利亞時期英式紅磚樓房，好像西部電影場景。沙加緬度老城占地二十八英畝，只有橫直三四條街道，保留五十三個古建築，曾經是鐵路、河運交通樞紐和貿易農業中心，如今成為觀光勝地。

老城內廢棄的火車道和老舊的木板碼頭與昏黃的沙加緬度河平行，觀光火車、遊艇則已歇業，零零星星的遊人躑躅在老舊碼頭上，望著起伏的河水和廢棄的火車車廂，緬懷當年車水馬龍的繁華盛況。

城內街道十分整潔，除了少數幾幢木造房子外，多為紅磚樓房，一家挨一家，最高是三層樓。小店營業以糖果、紀念品和餐飲業為主，但吸引遊客目光的是不同的窗櫺、屋簷、廊柱設計。三層樓的腳踏車店面街紅磚牆漆成乳白色，暗綠窗框配著奶油黃的窗飾和隔層間隔，線條流暢。底層有長方形落地門和拱形氣窗及細長廊柱，中層和頂層各有木陽台和鐵欄杆，屋頂護欄有城堡式柱頭，屋簷支架為磚砌小方塊，簡潔明快。

對街的紅磚三層樓則保持了原有的紅磚特色，只將木陽台和細欄杆漆成了乳白色，另以暗綠色點綴其間。屋簷支架與弧形窗飾均以紅磚堆砌，三樓中間有個迷你小陽台。這兩款可說是當時英式建築的基本格式，其餘的只是在鑲邊配色、窗形、窗飾花樣及屋頂護欄形狀上力求不同，營造出不同情趣。

東邊紀念壁上有好幾面紀念碑文，記載老城的歷史。綠地上豎著一尊躍馬信差的雕像，以紀念此地曾為驛站的最後一站。碑文斜對面是兩層樓的雜貨批發店，整個門面都漆成了奶油黃，另以翠綠描邊鑲點，色彩柔和悅目。

數間之隔的Baker & Hamilton則完全沒有騎樓廊柱和陽台，淺紫、淡紅的顏色別出心裁。隔街轉角處的兩層樓是Wells Fargo和Supreme Court，橘紅磚房除了名氣大外沒有什麼特色。緊鄰它的這家淺黃搭配淺灰的三層樓房，規格如前述的腳踏車店，不同的是門窗數目。大盤帽般的窗飾、屋簷支架、簷角和柱頭皆有花卉雕飾，而非單純的方圓、幾何線條，凸顯華麗之氣。

老城東南轉角處有一棟三層灰藍樓房，上下兩截的木製百頁窗，窗飾和窗框分漆成深灰和淺灰。上半截百頁窗緊閉，下半截則往外大開。由於顏色對比分明，猛一看好像樓上站了兩排木偶標兵，頗為有趣。另有緊鄰而立的三家店面，色彩、窗飾各異。中間奶油黃的那家有三列落地窗皆以金色鑲邊，內裡為兩列瘦長拱形格子窗，空隙邊角都飾以暗金浮雕花紋，凸字形樓頂護欄及屋簷支架亦以金色描繪，外觀頗似回教寺廟。

左邊淺灰底色上以灰藍描邊鑲框。三列普通的長方形窗戶上有山字形的浮雕窗飾，很像是窗邊戴上一頂王冠。窗底則有對稱的螺旋花紋浮雕，樓頂的弧形護欄以灰藍鑲邊，兩端及中央各有一個聖杯狀雕刻物，屋主希望標新立異的心意顯而易見。右邊這家同樣以淺灰為底色，但以深灰描邊鑲框。三列內凹落地窗上有著厚重的平台雕花窗飾，再加上七根雕有花飾的屋簷支架，顯得有些擁擠。

由於時近中午，我們又加投了兩小時硬幣，用過簡便午餐，穿過東邊的地下道即達沙加緬度市區的購物中心。採購人潮熙來攘往，可惜地下城導遊只在七至十月開放，沒能看到十九世紀大水前尚未填高的真正沙加緬度舊城。

回程時才注意到西北角的幾間樓房，油漆斑剝，木材朽爛，裝飾剝落，大有美人遲暮之態，不知是疏於保養還是刻意保留歷史痕跡？

（二〇一二年四月一日發表於《世界日報》走馬花旗）

秋色連波

小時候讀到杜牧「停車坐愛楓林晚，楓葉紅於二月花」的詩句時，即為那深秋楓紅的景色深深著迷。待讀到范仲淹的〈蘇幕遮〉時就更為之意往神馳。但在亞熱帶的台灣，樹木終年常綠，我也從未見過楓葉。定居大湖之州密西根後，久聞北密秋景獨好，誰知年復一年，因著各式各樣的原因，而無緣北上飽覽秋色。

孩子們小時不易出門，孩子們大時不願出門。秋風乍起，不是孩子們生病便是我自己生病，再不然就是學校或教會有活動不得成行。而秋天的天氣更是變幻莫測，只消一夜風雨便紅顏老去，葉落枝空。去年十月中旬久病初癒，再度錯過了北密賞楓最佳時機，只好和先生二人北上南密，沿著西邊密西根湖岸尋訪秋色。

我們由「二十七號」公路北上接「七十二號」公路西行，目的地是《國家地理》雜誌評鑑為全世界第三美麗的Torch Lake。此湖東西長十八哩，面積涵蓋二十九平方哩，是密西根州內最狹長的第二大湖，湖水以其獨特的加勒比海海藍色聞名遐邇。

在林木掩映下的私人木屋別墅環繞著整個湖岸線，只能在別墅和別墅之間看到片斷的碧綠泛藍的湖水。車行不遠，看到一個小小的景點告示牌，於是停車一覽。湛藍的天空飄浮著朵朵白雲，藍的透明澄淨，白的如綿似絮。清澈的湖水似藍寶石般在陽光的照射下泛著層次分明的藍綠色彩。對岸五顏六色的丘陵像一條彩帶分隔了天與水。可惜丘陵低矮，湖面遼闊，未能看到湖中倒影。岸邊粼粼波光中大小石頭清晰可見。很想靜靜地坐在湖邊，看著浮雲變幻，看著波光瀲灩，看著夕陽西下。然而，此地沒有一石一椅可供休憩，兼且沒有廁所，可嘆如此美景只能讓遊人匆匆一瞥而不容流連不去。

環湖小路蜿蜒曲折，明明是沿著湖的東岸走，一不留神卻闖進Alden小鎮。鎮上楓樹隨處可見，有綠中泛黃的，有黃中帶紅的，有紅極而赭的，各自或遠或近地顧盼生姿。迎面小坡上有兩株高大的楓樹，枝繁葉茂地挺立於公路兩旁，頂端枝葉交錯覆蓋成蔭。藍天白雲下，橘紅、金黃的楓樹迎著午後秋陽格外地璀璨奪目。行經其中，恍如通過了一道黃金拱門，心神為之一振。

以為湖的北端會有一公園讓遊人一窺湖的全貌，誰知一路行來再無停靠的地方。由北端南下，竟錯過了西岸環湖小路，只好直奔預定的汽車旅館。放好行李後，心有未甘，復又上路尋訪西岸環湖小路。奈何此地河湖交錯，鄉間小路曲折，兼且路標不明，只好無功而返。

離此不遠，狹長的Old Mission Peninsula由Traverse City北端伸入Grand Traverse Bay，將其分為東、西二灣，像兩條手臂連於密西根湖。可喜的是，由下榻的汽車旅館步行五分鐘可至東灣觀賞落日。穿出枝葉斑斕的樹林，沙地上雜草叢生，有的猶自青綠，有的早已枯黃。再往前，大小石頭迤邐沒入湖中，我們踩著石頭能及的地方下至湖中。三面丘陵迤邐，一面是內灣出口，天色藍中泛白又帶著幾分微紅，幾朵薄雲浮現，天光照著水影，水影映著天光，天無盡頭，水亦無涯，空寂清冷，好個「秋水共長天一色」。

回首西望，太陽仍離湖面尚遠。大片橫斜的烏雲不時飄浮在太陽四周，時而霞光萬道，時而暮靄沉沉。淺灘沙地上除了我倆再無人影，沒有人聲、車聲、鳥聲、蟲聲，甚至連水聲都沒有。這大片的寂靜將天地渲染成了水墨淡彩畫。忽然太陽突破雲層，金光閃爍地坐落在湖上，又映入湖面，照得水天一片酡紅，然後這團金光便緩緩地沒入湖中。惜乎空有落霞而無孤鶩與之齊飛。

次晨，來到西灣南端，接著轉往「二十二號」環湖公路，沿著西灣北上。公路在丘陵上蜿蜒起伏，一邊是淡藍略灰的水天，一邊是五彩繽紛的林木——但見樹種、姿態、葉形、顏色各自不同：有的蓬鬆壯闊，有的高大挺拔；有的纖細秀麗，有的藤蔓牽連；有的風華正茂，有的繁華落盡；有的未及變色便英年早逝，有的禿了半邊而未老先衰；有的一身豔紅，有的一身金黃；有的紅黃相間，有的諸色紛陳，而不時參雜其間的松綠同樣令人驚豔。地上的落葉、芒草、蘆葦、野草及各種蕨類、灌木亦紛紛展現著不同的顏色、風采，豐富濃烈的色彩如油畫般美不勝收。想不到大自然一如人生百態，有男女老少，有高矮胖瘦，更有美醜善惡，榮辱消長循環不已。

七拐八彎來到位於Leelanau Peninsula最北端的Grand Traverse燈塔。此燈塔建於西元一八五八年，在一九〇〇年加蓋為兩家庭二樓民房，到了一九八六年以古蹟之名對外開放。這是一棟再普通不過的美式二層樓房，紅瓦白牆，小小的燈塔孤立在屋頂上。秋風微涼的沙灘上，荒煙蔓草，亂石堆積。遠方水天縹緲，近處浪花翻捲，全不是我想像中高高聳立在峭壁上的波光塔影。

南下不久，看到一個Maple City Road的路牌，便好奇地左轉而入。這是一段下行的丘陵地，漫山遍野的楓林在此寂寞地展現著萬種風情。最讓我驚喜的是，在一棟廢棄的民宅後面有著大片豔紅的楓林。在飛越了半個地球，跨越了四十年歲月之後，我終於在這異國他鄉看到了夢裡尋它千百度的一片楓紅。紅得燦爛，紅得盡興，更紅得忘我，秋風過處讓人有著「花謝花飛飛滿天」的錯覺。滿地落葉堆積如同一張綿延千里的彩色包裝紙，踩在上面沙沙作響。誰說葉落無聲？每一片楓葉都是一個音符，在枝頭、風中、雨裡、地上譜著一首又一首的〈秋聲賦〉。

回到「二十二號」環湖公路，向著最後一站Pierce Stocking Scenic Drive進發。國家公園內，單向公路高低起伏，去向不同的景點。公路兩旁林深葉茂，蒼翠的樹梢枝頭有些許金黃，些許橘紅，仍是一派初秋的景致。其中一個景點可遠眺Glen Lake，丘陵環繞中一汪碧藍湖水呈現眼前。遠處有一道如線窄橋將湖分為東、西大小兩湖，我們面對的是十二英尺深的小湖。大湖深約一百三十英尺，隔著遠距離只能看到狹長的一小片湖水枕著藍紫色帶狀的低矮丘陵，近處則是紛紛揚揚的紅黃藍綠紫。令我驚訝的是，秋陰之下的湖水竟然能如此波平似鏡，且藍得如夢似幻。

往前不遠有一人行步道，在這日曬風吹的沙丘上長著不多的野草、灌木和白楊。這沙丘人行步道看似容易，走起來卻是一步一腳印。小沙丘高低起伏，一個連著一個，好像永無盡頭，想要登高遠眺密西根湖的念頭只好作罷。

續往西行，來到四百五十英尺的高處，無須跋涉即可遠眺密西根湖。只見遼闊的天際下，全美第二大湖，一望無涯地展現眼前。此時風起雲湧，深藍帶紫泛綠的湖水，由深而淺、由遠而近地波動著，最終在沙岩岸邊激起一道一道的白色浪花。叢林則在秋風裡舞動著，翻飛出讓人眼花撩亂的萬紫千紅。

往右下行不遠即是遠眺Sleeping Bear Dune的著名景點。相傳很久很久以前由於一場森林大火，一個熊媽媽帶著兩個熊寶寶由威斯康辛州游泳到對岸的密西根州。熊媽媽安全抵達彼岸，但兩個熊寶寶後力不繼終致沉沒湖底。於是，熊媽媽登上沙丘頂端，日夜守望等候熊寶寶的歸來，而形成了此一景點。熊媽媽的偉大母愛感動了天神，遂將兩個熊寶寶由湖底升起，化作了南北兩個小島彼此相望。

此處風貌不變，寸草不生的山頭，強風挾著黃沙迴旋而至，霎時滿頭、滿臉、滿身、滿袋、滿鞋的沙子，只能倉促一瞥便落荒而逃。年深日久的風沙推移，綿延一哩的Sleeping Bear Dune，早已由原來的二百三十四英尺高夷為現在的一百零三英尺高。隨著地形、地貌風化的改變，不僅母熊的形狀早已不能明顯分辨，甚至有一天終會全然消失。不知到那時，這動人的母熊望子歸的故事能否再流傳下去？

回程中陽光普照，天青氣朗。這一路上看到許多湖泊、麥田、玉米田、蘋果園、菜園、牧場和牛羊，在在顯示著神豐盛的慈愛和恩典，以致春華秋實生生不息。美國的秋天是色彩豐富、歡快、明亮的，沒有戰亂、離愁、千古相思，更無須怕樓高獨倚。好個「碧雲天，黃葉地，秋色連波，波上寒煙翠」。

（二〇〇九年九月二十七日發表於《更生日報》副刊）

Domino's Farms 披薩大王打造理想家園

位於密西根州安娜堡的Domino's Farms，曾是家喻戶曉的Domino披薩總部所在地，因其獨特的建築風格成為密州東南部的地標。

Domino 披薩創始人Thomas S. Monaghan出生於安娜堡附近的小鎮，崇拜建築大師Frank Lloyd Wright，夢想成為一位建築師。為了籌措大學學費，於一九六〇年和弟弟一起向銀行借了五百元，在東密大旁邊買下了一家小披薩店。初期，由於披薩店賠錢，未能如願回校攻讀建築。後來，卻在開了三家分店後，買下弟弟的股分獨資經營。

其後，他精簡菜單，改進包裝紙盒，以價廉物美和快速送貨在大學城內造成口碑，很快發展成連鎖店。在七十年代，更因「保證三十分鐘送貨到府」的行銷策略空前成功，從而開創了遍布世界的披薩王國。

為了回饋故里，和龐大的辦公室所需，他於八十年代初在安娜堡興建公司總部，並順便買下了旁邊的一個小農場，親自將此占地二百八十英畝的辦公園區命名為Domino's Farms。

建築由師承Frank Lloyd Wright、以銅屋頂為其個人特色的Gunnar Birkerts設計，建材紋路、質地、顏色力求與自然景觀配合。低坡屋頂全部敷以染成銅綠色的銅箔，由空中俯瞰宛如一座凹凸層疊的綠色長橋，橫亙在藍天綠地之間，將大師「一個美好的建築非但不會破壞原有的自然景觀，反而會為其增色」的理念發揮得淋漓盡致。

四層樓高的線形辦公大樓環繞在草坪、花圃、耕地、草場和自然水棲地之間，大有「風吹草低見牛羊」的開闊視野，不像大城中的摩天大樓予人壓迫窒息之感。紅牆綠頂或許有紅花綠樹的寓意，成排暗色玻璃窗可能象徵肥沃的土壤，三者南北迤邐形成優美和諧的平行線，與周遭景物渾然天成。

細看整個建築沒有複雜的曲線，基本上以紅牆為面，綠箔鑲邊成線，斜坡屋頂形成三角形介面，屋簷和玻璃窗富於光與影的變化，使得簡單的幾何圖案生動活潑。紅磚白條走道彷彿是紅牆綠簷的倒影，在藍天下線與面完美的結合，透著寧靜悠閒。

總部大樓計有十個進出口，最美麗的是背面居中的進出口，中庭搭有長排斜坡木頭花架，兩條橫木上擱著一條條直木，一律漆成磚紅。直木上面一樣覆以綠銅箔，和直稜屋頂的線條互相襯托，協調一致。支撐花架的磚砌底座和二樓窗口爬滿綠色藤蔓，一角花圃上方有成片藤蔓垂掛而下，由直木間灑下的光影落於其上有如瀑布、流泉，地上光影則如斑馬紋路，人工與自然在此巧妙結合。

占地二十五英畝的小農場位於園區的東北方，白欄杆和紅穀倉在綠草地上非常醒目。草場上有閒散的牛隻馬匹，小小動物園內有小動物讓孩童撫弄、乘騎，另有六角涼亭和帽形遮陽棚可供野餐休憩。草場緊鄰大片向日葵花田，由花田望向總部大樓，可見停車場內成排飛揚的國旗，足以遙想當年披薩王國如日中天的景象。

農場內的六角涼亭

由於創始人是虔誠的天主教徒，園區內建有一所小教堂。另外，每年聖誕節時皆有盛大的聖誕燈飾及慈善活動，是廣受社區學童期待的年度大事。可惜Domino披薩於一九九八年轉手出售，公司總部搬離此處，成為名副其實的辦公園區，聖誕燈飾活動亦於二〇〇二年停辦。

雖然燈火輝煌的聖誕景象不復再見，但園內池塘內依然有野鴨悠遊，大雁照舊每年經此南飛，不時還能看到在草地上曬太陽的北美野牛，尤其是暮色中的十架造型藝品一樣讓人感動，這披薩傳奇應該是會繼續流傳下去的。

（二〇一三年六月十六日發表於《世界日報》走馬花旗）

多采多姿鬱金香節

一八四七年，荷蘭移民在Van Raalte的帶領下，落腳於密西根州西邊鄰近密西根湖的荷蘭市（Holland），除了保留傳統的荷蘭文化和耕作方式外，又在二十世紀初開始廣植鬱金香，並於每年五月大事慶祝鬱金香節。全美雖有多處城市慶祝鬱金香節，但此地規模為全美之冠。今年節慶活動歷時一週（五月四日至十一日），不過因刻意分期栽種的關係，花期將持續四十天之久。

我們於首日上午開車抵達百年公園（Centennial Park），附近已是人山人海，花了二十餘分鐘才在幾條街外找到了一個停車位。公園內有藝術及工藝品的展覽會（Art & Craft Fair），遊人不斷穿梭於白色帳篷之間，「鬱金香城之旅」（Tulip City Tours）的售票亭前更是大排長龍。幸運的是，排隊時荷蘭傳統舞蹈就在旁邊的街頭封街表演，少男少女們身穿荷蘭傳統服飾和木鞋，十二人排成一橫排，隨著樂聲繞圈或成雙成對地踢踏旋轉起舞，妙的是笨重的木鞋並未隨之飛落。

「優美的鳥」

風車島花園（Windmill Island Gardens）千嬌百媚

島上最吸引人的是購自荷蘭的古老風車「優美的鳥」（De Zwaan），高齡二百五十二歲的她是全美唯一尚能操作運轉的道地荷蘭風車。登臨其上可俯瞰涵蓋三十六英畝的花園、堤堰、運河和野餐區，小小的能舉木橋和街道充滿荷蘭風味，五顏六色的鬱金香是當然的主角。

驛棧（Post House）仿自十四世紀的路邊客棧，四周栽滿花卉，頗有度假民宿的味道，其內可觀賞有關風車的短片。另有一超大的白色帳篷提供餐飲，荷蘭特餐每客六元，包括一湯一麵點及一甜食，我們點的是豌豆湯、小麵包和杏仁片，分量很少，味道亦差強人意。

濱水之窗（Window on the Waterfront）繁花似錦

公園位於Macatawa湖的南岸，隔著沼澤地和風車島花園遙遙相對。面街的鬱金香花台上矗立著Geertje & Cornelis雕像，身著荷蘭傳統服飾的這對男女象徵著荷蘭移民先裔。

大片綠地上種著一行一行顏色、種類各不相同的鬱金香。有「黑鑽石」（Black Diamond），有「白色的夢」（White Dream），有「橘色凱西尼」（Orange Cassini），有「紫羅蘭美女」（Violet Beauty），有「紅衣主教」（Colour Cardinal），還有黃色的「大笑臉」（Big Smile）和粉紅的「花式皺邊」（Fancy Frills）。

光是單色單瓣的已不勝枚舉，此外還有許多雙色和複瓣的。「雄鵝狂想曲」（Gander's Rhapsody）讓人驚豔，花瓣有著康乃馨似的齒狀邊緣，花底色黑生有黃蕊，花朵卻是紅、黃、白、橘、粉諸色紛陳，擠擠攘攘的好不熱鬧。

小山坡上的「橘色掠物」（Orange Raven）和「金色旋律」（Golden Melody），在陽光照射下如霞光燦爛，造就一片光明美景。

紅色的「示巴女王」（Queen of Sheeba），六片尖角花瓣外展如王冠，不同於常見的高腳杯形。同一家族還有紫、橘、白、黃諸色，好像是公主、王后的盛會。

Cappon豪宅和早期移民木屋對照分明

荷蘭市於一八七一年遭逢大火，燒毀了許多早期移民的房子，市長Cappon於災後重建了這棟維多利亞式的兩層樓豪宅，在此養育了十六位子女。家具及私人物件仍保留於此，由起居室、餐廳、浴室及六間臥室的擺設，仍可看出當年的日常生活情況及高水準。

數屋之隔的早期移民木屋（Cappon & Settlers House Museums）建於一八六七年，是極少數倖存於大火的建築物之一。小小的一間房既是臥室、工作室、起居室，也是廚房、餐廳。說是廳堂僅供旋馬毫不誇張，五個孩子全部睡在矮小的閣樓上更是不可思議。

奇怪的是，在如此惡劣的生活條件下，此屋竟然一直有人居住，直到一九九六年才搬出列為古蹟。

市區花道（Downtown & Tulip Lanes）悠閒美麗

成立於一八六六年的希望學院（Hope College）位於百年公園之南，以代表未來希望的錨為校徽。美國歸正教會的教堂為其地標，可隨時入內自由參觀。裡面全部飾有拱形彩繪玻璃窗，以門首的彩繪玻璃圓窗最為華美。

第九街基督教歸正教會（Ninth Street Christian Reformed Church）建於一八五六年，建材以橡木為主，手工操作，沿襲希臘建築風格，因前有六根廊柱，又稱「柱子教堂」（Pillar Church）。它也是經歷當年大火之劫後倖存的最古老教堂，可惜要到週二才對外開放。

湖邊的Kollen公園以移民（Immigrants）雕像為其標誌，現有臨時遊樂場。晚上施放煙火慶祝鬱金香節，但因停車困難及我們所訂的旅館不在市區之內，只好與其失之交臂。

第八街為市區最繁華的街道，號稱冬天無雪，因為街道上都埋有暖氣管，也因此曾被評選為全美十大最佳退休城市之一。街道非常整潔，各個角落均植有鬱金香，又逢梨花盛開，許多人坐在花樹下喝咖啡談笑，悠閒的氣氛瀰漫整個街頭。

最特別的是，市府規畫出一條長達六哩的鬱金香花道（Tulip Lanes），家家戶戶沿著門前馬路邊緣種上一排鬱金香，二十萬株花花綠綠的鬱金香替馬路鑲上了兩道滾邊，吸引無數的遊客前來觀賞。

Nelis荷蘭村（Nelis Dutch Village）充滿童趣

占地十英畝的荷蘭村位於荷蘭市的東北角，是具體而微的荷蘭小鎮。位於門首的鐘樓於一九九一年由荷蘭進口，是歐洲常見的六角亭鐘樓，也是其地標，每半小時奏樂一次。樓前有小小的噴水池和鬱金香花圃，並飄揚著十二面荷蘭省旗。

老者釣鞋

入村後有一條迷你運河分隔村莊和店家。運河東端有一古老水車，好似時光倒流，仍然氣喘吁吁地運轉著。木橋上有一老者石雕，正以荷蘭木鞋為餌垂釣著，專注的神態讓人莞爾。

村莊內散布著小教堂、抽水風車、農舍、穀倉、篷車、推車和鬱金香花圃，十足的荷蘭風味，甚至連兒童滑梯也是荷蘭木鞋造型。此外，還有旋轉木馬及一小小劇場，定時表演荷蘭傳統舞蹈。

花叢中不時可見一對身著古裝狀欲互相親吻的童男童女彩雕，非常傳神可愛。小小碼頭上有漁人石雕，或補網，或閒坐，均維妙維肖。

小小店街一律是尖頂紅瓦磚房，牆壁和門窗則漆成不同顏色，處處色彩繽紛，充滿童趣。紀念品店內以磁器、風車、鬱金香和木鞋為主，但都價格不菲。

Veldheer鬱金香花園（Veldheer Tulip Garden）萬紫千紅

Veldheer 是荷蘭市唯一的鬱金香農場。一九五〇年，園主Veldheer因興趣以一百株紅鬱金香和三百株白鬱金香起家，到今天年產量已超過五百萬株，品種多達四百餘種。顏色可分紅、黃、白、橘、紫及紅與黃六大類，時序可分早晚，尺寸有大中小之別，花形有杯形、碗形和球形，花類又分達爾文、鸚鵡、勝利、百合、睡蓮和牡丹、芍藥等，還有雜交及混合種，如此排列組合真是千變萬化，難以一一細數。

進得園內，首先入眼的是小池塘、風車及一些散種的鬱金香和水仙，顯得雜亂無章，待走到屋後大片的鬱金香花田呈現眼前，頓覺眼睛一亮。雖然種植規模遠不及正宗荷蘭鬱金香花市的壯觀，但在美中已屬難能可貴，不能稱做「花海」，但稱為「花堤」絕不為過。

所謂「數大就是美」，此時花名、花色、花形、花種全都毫無意義，眾人只顧著搶鏡頭，更多的少女、少婦鑽進花叢，想要印證「人比花嬌」。

一片萬紫千紅之中，「帝王紅」（Red Emperor）和「帝王黃」（Yellow Emperor）以其王者之尊震懾全場。另外，還有「國王黃」（Yellow King）和「茱麗葉」（Juliette），將黃色氣勢擴張到了極限。杯形的「茱麗葉」通體明黃，卻帶著紅色火燄，最是熱情耀眼。

（二〇一三年五月二十六日發表於《世界周刊》No. 1523）

國王海軍公園

國王海軍公園覓戰爭遺跡

美、加邊界絕大部分陸地相連，只有位於大湖區的安大略省西南角伸入底特律市南端，形成特別的地理形勢。和底特律市一水之隔的溫莎市因此成為唯一位於美國境內的加拿大城市，兩城可經由河底隧道或大使橋來往。過河以後，沿著底特律河往南開，路上人煙稀少，滿是田園風光，位於Amherstburg的國王海軍公園（King's Navy Yard Park）是許多遊客必訪之處。

國王海軍公園沿河呈帶狀分布，鐵欄杆和紅磚人行步道與河平行，青草綠樹間有紀念二戰的紀念碑，並不時可見紀念一八一二年美英戰爭的大砲，如雕塑品般靜坐，卻不見當年的硝煙戰火。園內有花床栽種著夏日花卉，還有精緻的小花園，各色繡球花正姹紫嫣紅開遍。臨河的白色涼亭可眺望河景，是新人的最佳婚紗拍照場景。

Fort Malden

河對岸即是狹長的Boblo小島，狹長的底特律河經此南下，匯入廣闊的伊略湖。在沒有橋樑、隧道可通的年代，此島猶如一道水上屏風，扼住伊略湖的門戶。小島早年專為狩獵、捕魚之用，但因其戰略位置，遂於一八一二美英戰爭中成為碉堡重地。十九世紀末、二十世紀初，此島改為遊樂中心，近百年後遭廢棄；近來已開發成別墅、豪宅區，有專用渡輪往返，天晴時由公園可清楚看到島上的別墅、豪宅。

步出公園，沿著主街往北續行，幾條街外便是著名的Fort Malden（原名Fort Amherstburg），一八一二年美英戰爭中的砲台要塞。一八一二年六月十八日，美國突然對英國宣戰，準備由底特律邊境、Richelieu河和尼加拉邊境兵分三路進攻加拿大。七月十二日，美軍由底特律發動了第一輪攻勢。其時英國正忙於歐洲的拿破崙戰爭，分身乏術，而美國人口又十倍於加拿大，情況十分危急。英軍將領Brock幸承印第安酋長Tecumseh和眾多黑奴鼎力相助，才於八月十六日在Amherstburg擊潰了來襲的美軍。美軍於十月十三日在尼加拉邊境再次發動攻勢，Brock將軍不幸戰死於此役。其後英軍結束歐洲戰役，調來主力參戰，美、加各有勝負，終於一八一五年一月八日簽署和平協議，結束美英戰爭。

當年的砲台要塞呈四方形，四角往外延伸，另築有高起的鑽石形防禦工事，除了東北角外，其餘三角俱按四個方位設有大砲。砲台要塞外圍挖有深壕，壕中再護以尖密的木籬。要塞內有伙食房、營房和砲械房等，呈四面合圍之勢。

時光流轉，當年的建築物、壕溝和木籬多已毀壞，木籬和博物館磚房仍面河而立，改建為民宅和部分營地。殘餘的壕溝並不深廣，覆滿青草野花，好像郊遊的山坡地。面河兩端各留有兩門大砲，無論是否為當年真正遺址，均可看出其戰略地勢。隔著草場與博物館相對的是一排磚造營房，裡面有身著英軍軍服的解說員講解當年戰況。面河有窗的牆上掛滿軍服、帽子和槍枝，背面是成排的雙人雙層床靠牆而立，兩床並列，上下八個人如疊羅漢似地擠在一起，中間是用餐的木桌椅，牆角有馬桶，十分簡陋。

美英戰爭結束後，美國並沒有達成向北擴張領土的雄心企圖，英國的殖民地勢力亦日漸式微，印第安人奪回美國失地的心願落空，只成就了民主獨立的加拿大。

步出砲台要塞，緩步走回國王海軍公園，藍綠色的底特律河水安靜悠閒地流淌著，金色陽光映著粼粼波紋，如千萬顆星子閃耀生輝，看不出風雲變幻，卻迴響著 Tecumseh的偉大誓言：「我們決心保衛我們的土地，我們希望能夠埋骨其上，如果這是出於神的旨意。」（We are determined to defend our lands, and if it is his will, we wish to leave our bones upon them.）

（二〇一二年八月五日發表於《世界日報》走馬花旗）

【短篇小說】

這情債怎樣計較輸贏

剛走出機場大廈，陳漢朗的手機便響了，一看是陌生的號碼，猶豫了一下還是接了。原來是楊語晴從機場大廈的公用電話打來的，她氣急敗壞地告訴他手機丟了，要他幫忙找，找到後馬上用快遞寄給她，焦急的語氣害他以為是她的班機臨時被取消了呢！

一打開車門，陳漢朗就看到有什麼東西在一閃一閃的，用眼搜索一下，發現正是她的愛鳳掉在客座的隙縫之中。這個小巧玲瓏的最新款多功能手機，去年一上市她就看中了，卻捨不得自己花幾百美金買，於是陳漢朗偷偷買下作為她的生日禮物。

本待發動車子，忽然按捺不住對這閃動的短訊信號的好奇，伸手查看。

「親愛的，到機場後電我，接你。你的最愛。」

陳漢朗不敢相信自己的眼睛，看了一遍又一遍，自己居然不是相識相戀半同居了近八年的她的最愛？這個最愛究竟是誰？

妒火中燒之下，顧不得侵犯他人隱私之嫌，他開始清查她的留言紀錄。在不到兩個月的留言紀錄中，「你的最愛」出現了上十次，其中赫然有兩次就在這次的聖誕、新年假期中！親暱的口氣連傻子都看得出他倆關係非比尋常。

從小人稱「憨仔」的陳漢朗，生得矮壯渾圓，大大的頭上長著一張圓圓的臉，厚唇小眼，木訥寡言，卻整天咧著一張嘴呵呵地笑著。初中肄業的父母，一個在工廠打零工，一個在家做手工，一家五口人難以餬口。好在舅舅在紐約開餐館發了財，打算幫他們一家人移民美國。只是移民手續費時，菸酒不離、操勞過度的陳爸，等不及移民批准便因肝癌早逝了。

次年，陳媽帶著十三歲的陳漢朗和十一歲、八歲的弟妹移民紐約。三個孩子在台灣沒學過英文，只能先上語言班再按程度插班。陳漢朗較弟妹年長，英文學得慢些，次年才能和妹妹同由初一讀起。

陳媽一天十二小時在餐館洗碗兼打雜，因為全家的生活費用都靠她，況且還有哥哥墊付的機票錢要還。身為長子的陳漢朗唯恐母親操勞過度會步上父親的後塵，於是平日早上送報紙，晚上送披薩，週末洗車、送外賣，想盡辦法打工賺錢貼補家用；又心疼弟妹年幼，連家事也一手包辦了。他那長滿老繭與多有傷痕的雙手、雙臂，任誰看了都不免心疼。難得的是，他非但從不叫苦，臉上還掛著一慣的憨笑。

誰都不知道小小年紀的他，心裡揣著一個美國夢。他永遠忘不了第一眼看到自由女神的興奮和激動，更忘不了當水手的舅舅就是在看到自由女神時決定跳船上岸。舅舅還說：「在這片千萬人嚮往的自由土地上，只要你不怕吃苦、肯努力，任何美夢都能成真。」

邊打工邊讀書，他直到二十六歲才拿到生物學士學位。不巧碰上經濟衰退，求職四處碰壁，於是他瘋狂打工存錢，並積極申請牙醫學院。皇天不負苦心人，第二年如願進入紐約B大牙醫系。

當時弟妹都由社區大學畢業，也各自婚嫁，老實的他除了打工便是念書，從來沒有和任何女孩子打過交道。陳媽幾次替他安排相親，奈何他一見了女孩子便面紅耳赤，一句話也說不出來，自然沒有任何下文。

牙醫系最後那年開學不久，他臨時需要一本參考書，到學校書店碰運氣，希望能買到一本便宜的舊書。當他埋首書堆時，不小心撞倒身後路過的人，一疊書掉了滿地。他漲紅了臉，邊用英文說「對不起」，邊彎腰拾起地上的書。他起身還書時，才發現是一位嬌小玲瓏的東方女子，邊瞋著杏眼看他，邊嬌聲回道：「沒關係。」

看她柔弱的樣子，他自告奮勇替她將書抱至櫃台，然後鼓足了勇氣大膽問女子是不是中國人。女子這才回嗔作喜，說她是台灣來的新生，並抱怨美國書怎麼這麼貴！

對女孩子一向遲鈍的他，居然脫口而出，他有許多基礎學科的舊書可以借她，並願意送她回家。女子說她就住在前面的研究生宿舍，不勞他送了，一轉身那頭飄逸的長髮，險些拂到了他的臉上。

誰知這一拂，竟像兜頭罩下的一張情網，從此網住了他。這女子的嬌柔嫵媚，迥然有別於母親的純樸和妹妹的粗俗，惹得他想要一親芳澤、以探究竟，遂尾隨女子而出。眼見她走進了宿舍大門，自己卻不得跟入，又無從探知她的姓名和電話號碼，心下好生悵惘，居然忘了買書，就直接開車回到自己租住的單人公寓。

學期結束前，他收到樓下那位香港僑生張安妮的伊媚兒，約他週五晚上吃披薩、喝啤酒。他如約去了，門鈴響了好一會才有人開門，正想說「安妮你好」，卻被眼前開門的人驚呆了，這不正是眾裡尋「她」千百度的那女子嗎？霎時漲紅了臉，張口結舌說不出話來。

好在張安妮趕來介紹，解了他的圍。這才得知她的芳名叫楊語晴，和張安妮同是台灣T大先後期的校友，因此張安妮特別照顧她。

在座的十來人中，除了主人張安妮外，只有他倆是中國人。他一向不擅與人交際應酬，而她的英文也還沒好到可以和老外談天說地，只好用國語和他有一搭沒一搭地聊著。

直到得知他是牙醫系應屆畢業生，而且是十三歲移民紐約的，這才眼睛一亮，表示她一直很嚮往紐約市，卻沒有機會前往一遊。他趁機留下紐約的電話、地址和手機號碼，歡迎她隨時到訪。

★

許多台灣女孩子都夢想著嫁做醫生娘，從嘉義鄉下到台北念書的楊語晴自然也不例外。在大一新生舞會上，她以一襲小圓點白紗連身舞裙及翩翩舞姿吸引了全場目光，包括一向眼高於頂的吳榮庭。

這個挺拔俊秀的T大醫學院五年級高材生，很快便獲得美人青睞，不到一學期，兩人就成了校園內最知名的一對金童玉女。有人看好自然就有人看衰他倆，認為楊語晴這個灰姑娘的好夢做不長久，因為T大醫學生都是名門閨秀鎖定的乘龍快婿！

其實，楊語晴心裡比誰都清楚，眾人眼中條件優越的吳榮庭未必就能通過母親那一關。別的不說，光這省籍情結便很難打破。

師專畢業的楊媽是小學教員，一輩子看不起高中肄業、在鄉公所當辦事員的楊爸，認為他無才、無貌又無能，都怪媒妁之言、父母之命，才害得她一朵鮮花插在牛糞上。所生三男二女中，只有么女楊語晴長得漂亮又會念書，於是她傾盡全力栽培這個么女，積極打會、標會攢錢，讓她從小學民族舞蹈、古箏和補習功課。

當楊語晴吊車尾擠進T大時，楊媽卻像女兒中了狀元似的，在鄉下吹噓不已，並四處揚言女兒將來是要留洋讀博士的。

由於其餘子女媳婿沒有一個足以光宗耀祖，楊媽矢言對么女的婚嫁對象嚴格把關，一定要替女兒挑到一個人人稱羨的東床快婿不可。

有人盼望東床快婿，自然也有人期待多金賢慧的佳媳。來自桃園眷村的吳榮庭，下有二妹一弟，身為長子的他凡事都要起帶頭和示範作用。生性好強的他不負父母期望，從小到大都是品學兼優的好學生，將來肯定能光耀門庭。

上大學以後，他違背父母學位重於一切的庭訓，私自談了一兩場戀愛，結果都因父母的干預無疾而終。這次不知是由於楊語晴的古典美，還是她那香扇墜似的體態，讓他怦然心動，他沒有向家人提及此事，只希望沒有人會向父母通風報信。

兩人在各有顧忌的情況下談了幾年戀愛，儘管早已花前月下卻未曾山盟海誓。在他服預官役期間，彼此雖未刻意保持來往，卻也沒有其他條件更好的追求者出現。

畢業後，她對母親催促出國的要求置若罔聞，毅然留在學校當助教。等他退伍回來，在T大附設醫院當實習醫生，二人又再續前緣，非但舊情未逝，更迸發出新的火花，終於決定向雙方家長稟明。

吳家二老雖然失望，倒也沒有大力反對，要他帶女朋友回來看看再說。

回去過幾次，吳家二老對嬌滴滴的楊語晴並非十分反感，只是語重心長地要兒子好好考慮，並不時提醒他，小他三歲青梅竹馬的阿芳至今未嫁，要是娶了當護士的她，夫唱婦隨多好啊！身為民意代表的準岳父不但能出資幫他開診所，還能替他打廣告、拉客戶，至少省了十年奮鬥。

楊媽的反應就激烈多了，吳榮庭既非名門富賈之後又是外省仔，竟敢妄想攀附他們家的鳳凰，真是門都沒有！不但嚴禁他們來往，更要女兒馬上搬回家，準備出國留學。

從小對母親唯命是從的楊語晴深知力爭無用，採取了陽奉陰違的態度，一面向母親保證會和吳榮庭斷絕來往，一面藉口工作忙絕少回家。然而自小一帆風順的吳家龍子何嘗受人如此冷落過，受傷之餘，心裡便有了老大的一個疙瘩。

次年鬼使神差，吳榮庭被調往桃園阿芳工作的醫院，兩人近水樓台加上小時候的情誼還在，很自然地又走到一塊，且不知不覺產生了男女情愫。偏偏此時聚少離多的楊語晴，身邊出現了乘虛而入的追求者，雖然條件不如他，沒能打動她的心，卻使得兩人猜疑日深，口角頻仍。

其實，眼下最讓她煩心的不是愛情而是工作。畢業三年，同班同學不是出國留學，便是在本土念研究所，再不濟也已嫁做人婦。她未曾留洋也沒有更高學位，升等留任均遭逢瓶頸，此外楊媽催促她出國留學的聲浪也愈來愈高。仔細衡量情勢，她認為最好的解決辦法便是兩人一塊出國留學。

為這念頭她興奮不已，剛好次日的課臨時調開，她便連夜搭車趕往桃園想給他一個意外驚喜。門鈴響了好幾聲均無人應門，心想莫非他臨時值班，便掏出鑰匙自己開門進去，結果驚喜變成了震驚。衣衫凌亂的他由臥室內倉促衝出，虛掩的臥室房門透著玄虛。

他一迭聲地抱怨：「為什麼不先打電話就跑來了呢？」

「憑你我的關係，需要先打電話預約嗎？」

當他倆正吵得不可開交之時，房門開了，一身名牌揹著最新款夏季古奇包的女人，裊裊婷婷地走了出去，在門口忽又回頭看了她一眼後，對他說：「Honey，我走啦！」

這聲「Honey」當場讓楊語晴的眼淚決堤而出，要翻身走人。由於夜已深，他怕她出意外，只好死命拉著她不放，求她無論如何等天亮了再走。

面對梨花帶雨的她，他不免起了憐惜愧疚之心，柔聲請她原諒並聽他解釋一切。

兩人曾經雲雨巫山的床上都出現了別的女人，還需要任何解釋嗎？此刻傷心欲絕的她一個字也聽不進去，眼前盡是阿芳臨去秋波的那一瞥。

★

她做夢也沒料到在吳家二老的推波助瀾下，阿芳竟然就此化暗為明，一年多來受盡委屈的她還不能回家哭訴。雪上加霜的是學校以預算縮減為由辭退了她，而吳榮庭始終若即若離態度不明。她只好在母親強迫下回到鄉下家中，開始準備考TOFEL、GRE和申請學校。

多年來她忙著談戀愛，荒廢了學業，TOFEL和GRE的成績也不是十分出色，想要拿到全額獎學金的機會十分渺茫。但一心指望女兒拿博士光耀門楣的楊媽，不惜提早退休，動用退休金資助女兒出國。

一直等到八月初才拿到B大減免學費的入學許可，由於九月開學在即，只能匆忙成行。不過，她還是背著母親在行前見了吳榮庭一面，希望他倆能在美國再見。

這回他非常誠懇地表明自己從來沒有出國的打算，祝福她早日學成歸國。

★

整個寒假陳漢朗都沒有等到楊語晴的電話，心情沮喪至極。回校後鼓足勇氣約了她兩次都被婉拒，害羞怕受傷的他便不敢再追。好在實習工作繁重，還要寫報告、求職和考牙醫執照，忙得沒有時間多想和傷心。

一日實習回來，在樓梯巧遇多時不見的張安妮，閒聊幾句後趁機打聽楊語晴的下落。她搖頭嘆道：「她還在療情傷啊！台灣的男朋友在新年時和別人結婚了。」分手時突然冒出一句：「你該不是對她有意思吧？」

他驀地紅了臉笑說：「我哪敢喲！」

直到搬家前夕他才鼓起餘勇打最後一次電話，鈴響了四聲他正準備留言時，她竟然接起了電話。喜出望外的他一時期期艾艾地不知說什麼好，半天才擠出了一句：「你好嗎？」卻意外地把她逗笑了。不過，她還是沒有和他見面，只答應往後和他通通伊媚兒。

★

陳漢朗終於在他三十一歲時當上了牙醫，但日子並不如預期的美好。為了償還念書時欠下的巨額貸款和支付牙醫高額保險金，沒有資本自行開業的他，只能發揮吃苦的本能，沒日沒夜地在一華人牙醫診所替人賣命。他一天工作十小時，每週上班六天，幾乎沒有假日和休假。

辛苦了兩年，老闆看他忠厚可靠，外加國、台及英語流利，能招徠華人顧客，便主動邀他入股，待遇合理改善了許多。他正慶幸能提早還清債務，好孝養患有風濕不能工作的母親時，卻不知千里之外早已有人算計著他！

楊語晴在陳漢朗離開B大後，認識了黃茂才，一位和自己同年的馬來西亞華人博士生，中等身材，相貌普通，和一表人才的吳榮庭相去不可以道里計，差強人意的是較憨厚的陳漢朗稱頭多了。惱人的是，兩人既無居留身分，又無親人在美可代為申請綠卡。眼下只能各取所需，這「婚姻」二字只好暫且休提。

第二學年結束，她沒有拿到預期的博士研究獎學金。多虧張安妮幫忙多方打聽，匆匆轉到中西部的一所三流大學，自費續攻博士學位。

中西部的學費、生活費的確較東部便宜許多，但她心中雪亮，在沒有獎學金，又不能合法打工，更不能向家裡求援，而兩地分隔的黃茂才也幫不上忙的情況下，很快就會坐吃山空。

正愁得不知如何是好的時候，牙齒偏要命地疼起來，想來是那顆該死的智齒又在作怪，也許真該找個牙醫看看。此念一起，霎時靈光乍現，何不向現成的牙醫陳漢朗求救？

★

不出所料，陳漢朗很快回了伊媚兒，她趁機表示暑假想去紐約打工順便看牙齒，能否暫住他處？喜出望外的他，自是掃榻以待。

去了以後，她才發現牙醫家只不過是在皇后區租住的二房一廳公寓，而非想當然耳的私人華廈。陳漢朗將房間讓給她住，自己在客廳打地鋪。

她心裡掠過一絲不安，好在陳媽和兒子像一個模子倒出來似的憨厚熱情，況且情勢逼人，只好安慰自己暫住幾天，等一找到工作就走。

但人算不如天算，她的牙齒狀況比預期糟多了。那顆左顎智齒橫向生長多年，旁邊被擠壓的大牙早已嚴重發炎，到了非根管治療、加裝牙套不可的地步。更糟的是右顎智齒同樣橫向生長，若不及早拔除，旁邊的大牙亦難逃根管治療的命運。

廉價的學生健保，根本不可能支付這龐大的醫療費用。多虧陳漢朗替她關說爭取到了最大折扣，並讓她在一年內分期付款。

★

等她的牙齒全部修好，已是6月中了，而找工作仍無頭緒。

她試過在街頭發傳單、賣保險，到中餐館洗碗、端盤子，皆因身體太過嬌弱，做不了幾天便被辭退了。

陳漢朗看了心疼不已，暗中拜託一位開幼兒園的老客戶，給了她一份看孩子的臨時工，一小時六元，一週工作約三十小時。

就算陳家供她免費吃住，這份微薄的工資連付牙醫帳單都不夠，更遑論支付下學年的學費和生活費！她愁得眉心打結、胃疼不已，還是不好意思向陳漢朗開口借錢。

七月下旬，陳媽的親家母突然病危，女婿匆匆忙忙回台探親去了。六歲的外孫剛巧出水痘，住在新州的女兒要上班，便央求陳媽暫住她家，幫忙照顧外孫。

平日陳媽一手包辦了所有家務，此時便全亂了套。常常到了晚上快9點，楊語晴都燒不出一頓飯來。陳漢朗憐惜她那雙彈古箏的纖纖玉手，也實在又餓又累，便不時帶著她外出吃消夜。

沒有任何娛樂、嗜好的他，就愛在麵攤切幾碟滷菜、喝兩口小酒。經常光顧的店家喜歡播放江蕙的歌曲，尤其是那首楊語晴最愛聽的〈海海人生〉，他對流行歌曲無所愛憎，只要是她喜歡的他都喜歡。

往往兩口小酒下肚，他臉也紅了，話也多了，看著她的目光就更加溫柔了。幾次微醺之中，他情不自禁地握住她那雙柔荑，見她沒有拒絕，在回程時就更進一步挽著她款款而行，任誰看這都是一對熱戀中的情侶。

★

一個月後陳媽由新州歸來，看到滿面春風的兒子，自是一目瞭然，催著兒子早日完婚。眉開眼笑的陳漢朗支吾以對，不敢說楊語晴非拿到博士學位不結婚，更不敢提自己延緩還債，提供陳氏獎學金給她的事。

往後所有的寒暑假及放假的日子，她便以陳漢朗女朋友的身分大方入住陳家。陳家也因她而換租了一處三房兩廳的房子，母子像伺候公主般伺候著她。她既不用打工做家事，更不須為學費和生活費發愁。

當然，這一切楊媽都被蒙在鼓裡，以為女兒成績優異，一直都有全額獎學金，殊不知這獎學金絕大多數出自陳漢朗的私人錢包。她次年赴美旅遊期間，還對陳家母子頤指氣使，認為陳家既無文化又無恆產，哪裡配得上她家鳳凰，慫恿女兒另擇佳婿。

其實，她不知道除了陳家母子外，他舅舅全家和弟妹兩家人，全對楊語晴看不順眼。

當楊語晴通過口試開始寫博士論文時，意外拿到了一筆研究基金。從此她託詞寫論文

耗時費事，很少到紐約去，也不准陳漢朗來打擾她，至於婚期則推三阻四。

一年後她如願拿到了博士學位，幸運地在當地找到一份不錯的工作。待他再提婚事時，她搬出了楊媽，沒有自己的房子怎能成家呢？

奉她若女王的他，只好瘋狂加班，在舊債未清下再舉新債買了一幢房子。這次假期就是讓她來看房子，決定如何裝修好結婚的。

她看慣中西部四房兩廳寬敞明亮的新房，哪裡看得上這七八十年老三房一廳陰暗狹小的舊屋！卻不知在華人移民多年炒作下，紐約房價早已漲成了天價，連這不起眼的老屋也已大大超過了他的能力範圍。

自從楊語晴走後，陳媽發現兒子臉上的笑容愈來愈少，人也日漸消瘦，晚上常常一個人喝悶酒，原就寡少的言語現在比金子還要珍貴，訂喜酒和發喜帖的事更是絕口不提。

有口難言的他，除了律師以外實在無人可說。因為他倆早在一年多前，就瞞著所有的人在紐約註冊結婚了！前些時他還盤算著等結婚一滿兩週年，立刻替她申請綠卡。現在當然不必了。

事到如今說不上到底是誰引誘了誰，你情我願下，他未曾在意她的過去，金錢財物還有分割之道，但在婚約中的綠帽之恥是可忍孰不可忍！

兩人都請了華人律師，簡單的離婚官司，在雙方律師的刻意拖延下，由初冬打到了深秋。他由幹勁十足的小胖子，瘦成了蕭瑟落寞的中年人。

但不知早過了兩個二八的她，靠著一堆瓶瓶罐罐的保養品和化妝品，堆砌出來的花容月貌，還能明媚鮮豔多久？

★

由律師樓簽完字出來，既不想回去診所面對缺牙少齒的客戶，更不想回到裝修未完的家裡，無意識地開到了自由女神渡輪碼頭。斜風細雨裡門庭冷落，和夏日遊人如織的景況大相逕庭。

大西洋一樣浩瀚無邊，浪花依然義無反顧地去了又來、來了又去。自由女神永不疲倦地舉著自由火炬，吸引人潮前來一圓美國夢。就像他一樣，在十三歲的稚齡便跨海而來逐夢，只是這夢如幻似真，教人看不分明。

歸途他隨手在車上塞進了一張CD好掩蓋那淅瀝的雨聲，當江蕙哀怨的歌聲響起，熟悉的曲調如刀般割裂了他的回憶，原來這是楊語晴最愛聽的〈海海人生〉。

當初男歡女愛從未曾留意過歌詞內容，如今人事全非方才聽懂了歌詞的深意：

……輕輕鬆鬆人生路途我來行，無人是應該永遠孤單。我會歡喜有緣你作伴，要離開笑笑我無牽掛。人說這人生，海海海海路好行，不可回頭望，望著會茫。有人愛著我，偏偏我愛的是別人，這情債怎樣計較輸贏，這情債怎樣計較輸贏，這情債怎樣計較輸贏……

（二〇一〇年九月十一日至十八日發表於《世界日報》小說世界）

青煙散盡

討厭的星期一像八百年長似的，總是盼不到下班的時間。吳乃和幾乎將手錶看爛了，好不容易才看到短針不情不願地指向「五」。顧不得老闆的臉色難看，滿面倦容的他逕自一馬當先地衝出了辦公室。

十月下旬天氣已頗有幾分寒意，一陣陣秋風將地上落葉颳得沙沙作響，又隨著風向迴旋飄散，甚至飛上擋風玻璃，擾亂了他的視線。

他和妻子陶紅結婚七年沒有孩子，自從二十歲的房客楊兵兩個月前搬進來後，兩人間的爭吵愈演愈烈，由原先的三日一小吵、五日一大吵變成了幾乎天天大吵。不同的是，往日總是她先低頭，他順著台階下，然後不了了之；可是現在她好像變了個人似的，非但不低頭反而咄咄逼人，昨晚飯後更當著楊兵的面，譏誚他懦弱無能。是可忍，孰不可忍？今晚非要她說個清楚不可。

轉進公寓的大門，剛過六點，天色已暗，按理說在附近銀行當出納員的她此時應該早已到家，自家公寓居然沒有一點燈光。這間兩層樓雙臥室的廉價公寓只有一個車位的車房，買房時他們手頭拮据也只養得起一輛車，她念書打工的日子全由他接送，停車不成問題。

直到她全時打工後，才添了一輛二手的紅色小本田，他遂將車房讓給她停，而將自己那輛破車停在車道上。

打開車房不見她的紅車，心裡納悶了一下，進入房內順手開亮了電燈，這才發現房子像遭了賊似的一團凌亂。原先蓋沙發的床單和鋪地毯的塑膠布被掀落得亂七八糟，玄關處的壁櫥大開，她的外出衣鞋均已不見。急忙奔至樓上，楊兵的臥室人去屋空，只有一個絆倒的垃圾桶對著他齜牙咧嘴，主臥室內她所有的衣物箱籠全部搬運一空。

怒火中燒的他連連撥打她的手機，卻都在關機中，發了電郵亦無回音，幾個她常去的網上聊天室也蹤影全無。他倆搬來C城數年，除了她在華人餐館打工的老闆、顧客外，鮮少與華人打交道，基本上沒有什麼朋友，更不可能有交情好到可以留宿的朋友。看來自己完全處於挨打的地位，猜不透她葫蘆裡賣的什麼藥？

接連幾天他狂撥她的手機、發短訊和電郵，表明不管要分要離，都希望她能出面將事情講清楚，卻消息、蹤影全無，反而收到了一張汽車保費漲價通知單。不知何時她將楊兵的名字加在她那輛紅車下，由於楊兵的年齡和單身身分使得保費跳升了許多，不禁大罵楊兵什麼東西，竟要他來代付保費？

更有甚者，她將銀行存款提走了一半，這個月的薪水亦未如常匯入兩人共有的銀行帳戶內。看來這一切是有預謀的！他憤然跌坐在沙發上，將二郎腿蹺上了咖啡桌，接著點起了一支菸，恣意地將一縷縷白煙噴吐得滿室迴旋繚繞——這是她在家時絕無可能的事。

直到第五天她才回了一則短訊，說是彼此用不著見面，她已委託律師訴請離婚了。這快刀斬亂麻的明快做法，和當年那個黏乎乎的她截然不同。

打小他就沒有出眾的儀表和驚人才華，成年後身材中等微胖，難看的塌鼻子、小眼睛全沒變，可愛的圓臉反倒變成了不討喜的梨形臉，此外更多出了一副深度近視眼鏡。

非重點大學畢業後，靠父母關係在他倆曾經執教過的大學裡當個小職員，圖方便和省錢，一直住在家裡，始終也沒能交上個把女朋友，日子過得像白開水似的沒滋沒味。

三十二歲那年，突然厭倦了父母、親友逼婚的異樣眼光，決定出國留學，湊巧申請到了美國一間州大電腦碩士班的入學許可。已退休的父母為這獨生兒子砸鍋賣鐵，湊足了盤纏及兩年的學費、生活費，幫助他自費留學。

那一天他到銀行辦理結匯手續，經手的正是陶紅。嬌小的個子，尖尖的下巴，顧盼生波的丹鳳眼，若隱若現的單邊小酒窩，細聲細氣的吳儂軟語，加上叮咚作響的環佩耳飾，看得、聽得他暈暈乎乎。從未受過女人青睞的他糊裡糊塗地便交換了聯絡地址、電郵和手機號碼。

沒兩天她來了電話，建議在他出國前陪他到處走走，加深對祖國的記憶。出遊了幾次，她的百依百順和柔情蜜意讓他十分留戀，沒有打聽她的家世、過去就訂下了美國見的後會之約。

次年暑假她真的神通廣大地拿到了觀光簽證，特意來看他。

在這鳥不生蛋的大學城待了一年，課業和生活的雙重壓力早已將他初來時的雄心壯志消磨殆盡，這時意外有佳人來訪，對他來說無異於天上掉下個林妹妹來了。

他從來不知道租賃公寓門前有隻黑瘦的棄貓，而她一來即發現了牠，萬分憐惜地摟在懷裡輕撫並要求他收養牠，她那楚楚動人的樣子還真激起了他的惻隱之心。礙於公寓規定沒能收養，但她的愛心和同情心讓他非常感動，短短十天的假期，彼此都留下了美好印象。

喜出望外的是，寒假時她再次拿到了觀光簽證來看他。有了前次的親密關係，這回見面就更加地男歡女愛。耳鬢廝磨之際，她婉轉透露了想在美國和他長相廝守的心意。

其時他自己正在水瓢把上，不知畢業後何去何從。因為沒有工作申請不到綠卡，而沒有綠卡不能合法工作，出國時帶來的錢已差不多用光。父母雖未曾向他追討此債，但三十四歲的人了，無論如何不能再向家裡伸手。

畢業後他在印度裔同學的幫助下，在C城的一家印度電腦顧問公司找到了工作。福利、時薪、工作地點都極差，唯一動心的是，公司答應幫他申請綠卡。不過，拿到綠卡以後，至少須在公司做滿兩年才能走人。形勢逼人，他只好簽約當廉價勞工。

半年後，不顧父母的大力反對，娶了來路不明、小他三歲的陶紅。因為自知以他的年齡、長相和經濟狀況，沒有一個條件好的女人會看得上他。況且陶紅漂亮，又早和他有了肌膚之親。

在這家印度公司苦熬了七年，終於在兩個月前拿到了綠卡，也正是楊兵剛搬進來當房客的時候。現在想來，這時間也未免太巧合了點。

想到楊兵，他就氣不打一處來。這混蛋臭小子不知是打哪蹦出來的，據她的說法，他是來銀行開戶時認識的客戶，車子剛被撞毀，又被他姨媽趕出來無處棲身。看在同是國內來的分上，將房間分租給他，既解了他的急，每個月又有四百五十美元的房租收入，何樂而不為？

楊兵是十二歲來美的小留學生，並無顯赫的家世，只因幹部父親手上有點小權力能左右台商的去留，於是利用台商關係將自小讓家裡頭疼不已的兒子送到美國，寄居姨媽家裡，而由台商每年匯五六萬美金到他帳戶裡作為生活費。誰知他到了美國並不學好，和一幫越青到處惹是生非，初高中勉強混畢了業，像樣一點的大學一間也進不去，連最普通的社區大學亦混得亂七八糟。姨媽管不了他，只有等他一滿二十歲便將他趕了出來。

在這沒落的C城，華人散居四處，難得看見像陶紅這樣人甜、嘴甜的華人，加上又是個女的，他便「陶姊」長、「陶姊」短地亂叫。剛好她愛這一套，更眼饞他那六位數的存款，於是同情心大發，把他招了進來當房客。

雖說他只有二十歲，但人生得高大，一頭蓬鬆亂髮加上一臉的老氣橫秋，給人二十五六歲小夥子的錯覺。繃得緊緊的低腰牛仔褲和T恤，似乎刻意凸顯一身年輕有彈性的肌肉，手插褲袋到處晃盪，更愛跟著陶紅轉，常說些葷腥笑話給她聽。

吳乃和看著老大不順眼，她卻樂得眉開眼笑，還直誇小兵風趣，不像他老是愁眉苦臉地抱怨自己懷才不遇。夫妻為此口角不斷，惱火的是，好幾次楊兵還在旁幫腔，有意無意地笑他老而無用。

回想上個週日，當兩人再次為生不出孩子是誰的問題爭吵激烈時，就是在楊兵跳出來幫腔後，她才一臉鄙夷地說他懦弱無能。難道他倆之間真有什麼不可告人之事？一個三十八歲的老女人和一個二十歲的小夥子，可能嗎？但一想到她的過去，又覺得沒什麼不可能。

直到辦理結婚手續時，他才知道她的本名並不叫陶紅，原來她是三歲即遭生母棄養的私生女。陶姓夫婦結婚多年沒有生育，隨從迷信收養了她，取名陶招娣，想要生兒子的心意顯而易見。所住的大雜院裡人人都知道她是抱來的，看她的臉色也自有不同。因此她從小就對棄養的小貓、小狗及流浪漢、乞丐，特別有愛心和同情心，覺得他們同是被社會拋棄、看不起的一群。

養父母的環境並不富裕，對她說不上好也算不上壞。領養她三年後果真招來了一位弟弟，求子得子的心願達成，家裡就明擺多了她這張嘴。但凡好吃、好玩、好看的東西都輪不到她，小小年紀早早便懂得了察顏觀色，討養父母的歡心，討弟弟的歡心，長大了更懂得討所有人的歡心。

賺錢以後，她為彌補自己失去的童年，穿著打扮和行為舉止皆刻意模仿日本漫畫中的美少女，尤其是急於擺脫她那俗氣的名字。但在國內想要隨意改名字並不容易，她只好隱其名不言，對外一律自稱「陶紅」。

至於她的學歷那就更說不清楚了。初識時由於她英語發音不錯，又在銀行工作，他想都沒想就假設她是大學畢業生。婚後手頭拮据需要她外出工作貼補家用，這才露了餡。她根本就沒有大學文憑，只能到中餐館洗碗打雜，錢少工作多還要看人臉色，於是他力主她打工之餘，回校念書拿個學位。

那年頭美國電腦業火紅，工作好找又是他的本行，便決定讓她主修電腦。誰知她的英語能力除了日常口語勉強可通外，完全不能應付課堂的說寫聽，所有作業、讀書報告皆由他幕後操刀。儘管他替她寫的程式準確無誤，奈何她既無邏輯觀念又乏興趣，臨場考試一塌糊塗，成績讓人洩氣。失望、生氣之下，他便不時地嘲諷她不會念書，她遂反唇相稽，他會念書，不會賺錢有什麼用？不過爭吵過後先低頭的總是她，因為她深知人在屋簷下，不能不低頭。

接著聽人說美國缺老師，於是改修教育。豈知人文學科首重語文能力，念起來更加吃力。他既忙著加班賺錢養家，又要忙著替她寫讀書報告及溫書準備考試，還要忙著接送她打工上學，忙得暈頭轉向，難免抱怨到底是誰在修學位？

勉強撐了一兩年後，「包你肥」餐廳一夜暴紅，餐廳人工十分短缺。她打工的華人餐廳老闆也打鐵趁熱，另開了一家「包你肥」餐廳。和她是小同鄉的老闆娘覺得她這幾年做事還算認真，人又乖巧嘴甜，還有銀行工作經驗，便讓她負責「包你肥」餐廳兩個週日晚上和週末全天的收銀工作。這才算是有了固定的工作和收入，便順理成章地將念書的事丟一邊去了。他不用再替她念書，鬆了一口氣，但每天接送她打工也是苦差一件；而且夫妻二人幾乎沒有時間相聚，這生孩子的事就更遙遙無期了。

兩人拚命省吃儉用了幾年，終於在房價高峰時買下了現在這間小公寓。指望著日後漲價賣個好價錢，舉凡沙發、地毯能遮能掩的地方，皆用床單、塑膠布遮蓋，唯恐破壞了公寓原貌。他的唯一嗜好抽菸自在嚴禁之列，不管天陰、下雨或下雪，他只能在室外過一把癮。

他自己名為顧問，其實就是一個小時工而已，一年只有六天的國定假日和十天的休假是帶薪的，其餘時間則是做一小時工拿一小時錢，不做工則無錢可拿。在電腦火紅的那幾年，合同不成問題，也經常有班加，但隨著IT工業的大舉外包和美國經濟泡沫化，許多當地合同均告流失，裁員減薪的事屢見不鮮，他坐冷板凳的時間亦愈來愈多。收入減少加上房貸壓力，逼得她在收銀工作外又在另一中餐廳兼跑堂，除了週一公休外，沒日沒夜地全時打工。而他只會抱怨老闆刻薄和懷才不遇，對她的刻苦耐勞全然視若無睹，非但不想法子打工貼補家用，居然還不時吃些無聊飛醋，認為她不該和男顧客談笑風生。

幸虧她善於交際應酬，一位猶太裔銀行經理便因喜歡吃中國菜，和她成了好朋友，介紹她到銀行擔任半職出納員。站在美國銀行的櫃台前，她的自信心和虛榮心全都回來了，覺得自己快有出頭天了；又因職務關係，對留學生客戶的薪水收入狀況多了一些瞭解，益發羨慕中產階級的華廈、美車。

卻不知中產階級的小康局面多由專業雙薪撐起，這也是他最不平的地方。別的留學生太太多有高薪高職，而她只是個半職的小職員，還在那自鳴得意。

她則認為男人養家是天經地義的事，一個男人沒有事業，哪還像個男人？尤其眼紅新交舊識在國內大把銀子購屋置產，對一事無成的他就更不順眼了。言語衝突日增，最大的矛盾仍是生孩子的問題。

他眼見是奔四十的人了，又是家中獨子，自然是望子心切，可她的肚皮始終沒動靜。兩人多次檢查，也沒查出個結果，爭來吵去互怪對方。她堅持彼此年紀大、生活壓力大，哪生得出孩子來?而他卻認定了是她單方面有問題,誰教她有真真假假的過去呢!

婚前她雖未曾自動交代過去,但他也確實從未問起過。然而,俗話說得好:「若要人不知,除非己莫為。」一位她在國內銀行的同事也曾是她的追求者之一,竟然是他父親的學生,逢年過節常往他家跑,適巧看到了他倆寄回去的合照,不禁大驚失色。那曾經使他意亂情迷的尖下巴、丹鳳眼,怎會成了吳家媳婦?

清楚記得那年銀行舉辦特別的促銷活動,雙十年華的她是促銷小姐之一,吸引了行裡所有光棍的目光,可是誰也沒能討到好。促銷活動結束不久,她即搖身一變成了出納員,在這人浮於事的大都會裡已夠讓人吃驚的了。沒想到更令人吃驚的是,半年後她嫁給了年長她十二歲的經理,眾人這才對她另眼相看。

這經理夫人的身分使得她在養父母及大雜院的鄰人面前大大露臉,三室二廳的房子不知羨慕死了多少人。漂亮的衣鞋、名牌包讓所有女同事眼紅,按摩、做臉、修指甲這些闊太的行徑一樣不少,更不時有人巴結送禮、唱卡拉OK、打政治小麻將或是到夜總會跳交際舞。然而,吃香喝辣的日子並不長久。

由於結婚多年一直沒有孩子,難免有些閒言閒語。等到經理有外遇的消息落實後,夫妻間的吵鬧衝突傳得人盡皆知,結婚八年後終告仳離。聽說離婚並非全因外遇,真正的原因是她有先天性的婦科病,根本不能生育。

他父母聽到這些傳聞後大為光火,寶貝兒子拾人破鞋不說,還是隻不會下蛋的母雞!要在國內早攛掇著離婚再娶了,偏偏兒子沒本事,由人耍得團團轉還拿人當個寶。

麻雀雖曾飛上了高枝，終究沒能變成鳳凰，仍然是落地的麻雀。當初吃不到葡萄說葡萄酸的男同事這會暗自慶幸，那些過去眼紅於她的女同事就有些幸災樂禍。受不了同事間的蜚短流長和異樣眼光，她積極尋找再度出人頭地的機會，能夠出國自然更是上選。

等她碰到了自費出國留學的吳乃和，好比看到了通天的梯子，自是奮不顧身地攀爬了上去。萬萬沒料到這不是不鏽鋼梯而是老朽的木梯，隨時有踩空跌落的危險。

嫁到美國以後才知道美國並非遍地黃金，有些白領階級的生活水平反而不及藍領階級。租住的一臥室公寓小得像鴿子籠，家具簡陋至極，夾板木造房子基本上沒有隔音作用，雖鋪有地毯，走起路來到處咯吱作響，樓上樓下鄰居的沖水聲、電視音響聲息相聞，和當年居住的鋼筋水泥大廈有天淵之別。

想要收養流浪貓狗，他的態度竟然一百八十度大轉變：「人都吃不飽了，哪有閒錢餘力養貓養狗？」

她沒車子也沒零用錢，逛街購物、美容、做頭髮都成了奢望，喜歡的華衣美鞋、名牌包、高級化妝品，更是連影子都沒有。成天精打細算的他從不與任何人往來，社交活動幾乎沒有。她從國內帶來的一些華麗小禮服壓在箱底不見天日，這哪是她嚮往的美國生活？

不過，她到底是吃過苦的人，很快認清了眼前情勢。自己英語欠佳，沒有綠卡，又缺美國大學文憑，根本不可能找得到辦公室的工作。唯一的出路便是到華人餐館打工，雖然錢少辛苦，總算有零用錢花，且能和外界互動。

至於念書、拿學位，那純是他一廂情願的想法。她自知不是念書的料，更何況早已錯過了念書的時機。直到意外當了半職出納員後才改變了她的想法，確知沒有美國大學文憑，想要升成全職出納員的機會非常渺茫，於是她又回校念書，改修企業管理。當然陪她念書又成了他的副業，只是這回她多了一位槍手，一位單身的美國男同事志願幫她改英文寫作和商業文書。

不等她拿到文憑，全球金融海嘯爆發，銀行業翻天覆地大改組，高薪的老職員不是被裁便是被迫提早退休，像她這樣年輕低薪的人便順勢被扶正。辛苦打工多年，終於熬成了白領階級，擁有自己的福利、健保和固定的薪水，她的志得意滿絕非「沾沾自喜」四個字所能形容。

IT工業多年外包之後所餘的大餅早就不敷眾人搶食，再加上IT工業日新月異，新知新識學不勝學，而他多年來忙著替她修學位荒於進修，專業知識明顯落伍，很難和新人競爭，能接到的合同寥寥無幾，收入相對跌到了谷底。

公司幾度改組裁員，好在他簽有合約且在申請綠卡之中，沒有被裁退。可這長期坐冷板凳的滋味並不好受，沒錢拿仍然得天天到公司報到，自我學習訓練並幫忙文書打雜，還要看老闆臉色，心情自是惡劣至極。

這段期間若非她的薪水貼補，很可能連房貸都繳不出來，也難怪她對他眉高眼低的。今年夏天，她竟然跌破他的眼鏡拿到了美國大學文憑。待拿到綠卡以後她不再打工，說是要好好進修英文，尤其是商業文書，以備將來當經理之需。

她離家出走兩週後他收到了律師來函，希望能和他的律師商討離婚細節。看完律師信，不到六點天已全黑，他怔忡坐在暗處點起了一支菸，苦思著如何能省掉這筆律師費，將事情自行解決。

他倆沒有孩子，自無贍養費的問題。車子她開走了，不多的存款她已提走了一半。唯一共有的財產就剩這間公寓，目前的市價還不及當初買價的一半，況且有行無市，即使萬幸賣掉了，自己將無處棲身，而所得款項尚不足以付清所餘貸款；如果不賣，這房貸又將由誰來付？怎麼付？

在這種情況下，他大可像多數人一樣一走了之讓銀行法拍，偏偏他和公司還有兩年合約要履行，不能不考慮往後的信用問題。這樣一想不免絕望起來，對她的恨意又深了一層，菸便一支接一支地抽了起來。

一圈一圈的白煙很快湮沒了他，辛辣的菸味嗆得他唇乾舌燥。她和楊兵之間的曖昧關係宛如一條無形的繩索繫在頸間，愈扯愈緊，要命的窒息感使他心生恐懼。駭然間，眼前的縷縷白煙化作了一股墳頭青煙，淒涼孤絕地裊裊上騰。看似不絕於縷，其實只要時間一久，無論起風與否終將散盡，甚至連一絲煙味都不留。

（二〇一一年三月二十八日至四月二日發表於《世界日報》小說世界）

錯把牛排當麻吉

俞馥對物理、化學天生不感興趣，加上大學聯考丁組不考這些，上課時便只忙著做白日夢，真是「物化於我何有哉」！商學院畢業後做的是電腦程式設計，不懂物理、化學沒什麼要緊。萬沒料到嫁給于輔以後，不懂物理、化學竟成了吵架的導火線。

首先，他堅持所有的剩飯剩菜只要用保鮮膜包好，放在冰箱裡便永遠不會壞，因為冰箱裡是恆溫。最佳的例證是他在台讀高中住校時，婆婆替他燉的一隻雞，他放在冰箱裡吃了一個月都沒有壞。不懂物理、化學的她自然不敢分辯，只能耐心等候，看是他先拉肚子還是剩飯剩菜先長黴？

同理可證，冷、暖氣只要設定在華氏七十度，室內便可永遠溫暖如春。但她認為早晚溫度有差、陰晴有別，身體的冷暖感覺也隨之不同，加以冷暖氣也不是二十四小時不停吹送，這室溫的設定自然是該按COBOL裡的「IF……ELSE」邏輯設定。兩人各持己見，因而爭執不斷。

每當她炒菜時，從未下過廚的他便在旁邊嘮叨：「為什麼不蓋鍋蓋？蓋鍋蓋能增加壓力快熟，這樣簡單的原理也不懂？」她沒好氣地回道：「我是不懂這些原理，但是我知道蓋了鍋蓋菜葉會發黃，既不好吃也不好看。」

難得包一回包子、餃子，麻煩他幫忙擠一下菜汁，他照例抱怨：「幹麼這麼麻煩要擠水？我應該發明一個機器自動擠水。」這話她聽了不知N年N次，從未見他動過手，這一回她照例充耳不聞。隨後幾天只見他忙進忙出的，一會鋸木頭，一會鑿罐子，又敲又打地不知忙活些什麼。到了下次她包包子時，他突然神祕兮兮地拿出一個東西要她試用。

這東西有一個長方形木頭底座，前端固定著一個長長翹起的木棍把手，把手下面吊著一個圓桶狀木塊，擱在底部鑿有幾個洞眼的塑膠罐裡。這造型活像古早時的井水打水器，她還來不及偷笑，他便在那邊廂自吹自擂起來了：「這完全是根據槓桿原理設計的，絕對省力好用！將來可以申請專利，讓工廠打模大量生產……」

一試之下果然漏洞百出，首先這東西體積龐大不知往哪擱好，其次木塊不夠厚重壓不出什麼水，而壓出的水卻滯留在塑膠罐底流不出去。他不能置信地喃喃自語：「怎麼會這樣呢？怎麼會這樣呢？都是工具不好，材料也不對，如果是工廠打模就不會這樣了！」

「于輔醒醒吧！不管什麼槓桿原理不槓桿原理，光看這造型，誰會花錢買個又大又醜的東西擱在廚房裡？」也許她的話太白了，從此那玩意兒便被打入了冷宮。

得自父親遺傳華髮早生，她四十幾歲時便開始染頭髮了。先是自己胡亂往頭上抹還能遮掩一二，近年來白髮叢生到了欲蓋彌彰的地步，自認心靈手巧的他見狀便攬下了這大活。

本來這是美事一樁，但沒有發言權有時還真憋得難受。只見他手拿油漆刷子一律地從上到下由左而右——「喂！染頭髮又不是刷大牆，是不是應該先從頭頂、鬢角白頭髮特別多的地方染起？」

「我這樣染又快又順手，你不要囉嗦。」

「染髮劑接觸了空氣會不會起化學作用？先染的地方是不是時間長些容易黑些？」

「黑什麼黑？你滿頭的白頭髮從哪染起有區別嗎？」

不到三天鬢角便告刷白，不知是物理定律還是化學作用？

他經常唸白字不說，而且唸得理直氣壯。有一次家庭聚會，講員拿出一張條子，上面寫著「耄耋之年」四個大字，問有沒有人知道怎麼唸？全場四五十個人鴉雀無聲，突然後座有人大聲說「老至之年」，她回頭一看，不是別人正是于輔。心想虧他真能有邊唸邊無邊唸上下，還好沒有唸成「毛至」、「毛老」甚至「姥姥」。回家趕緊查國語辭典，原來讀做「冒謀」。

到上海館子吃早點，他拿起菜單一看便對著女侍大聲說：「啊！你們這有賣齊菜包子啊！」聽得廣東女侍一頭霧煞煞。她不用問便知他出了洋相，將「薺」（音「寄」）菜包子唸成了「齊」菜包子。

一天看報紙他突然大笑起來：「哈哈！我現在居然也是報上說的六旬老嫂了！」她一聽笑岔了氣：「拜託！您老現在是老叟，童叟無欺的『叟』，可不是老嫂子！」

有一次到蔬果市場買菜，一進門他便唸唸有詞嚷嚷著要去找一樣東西。待她買全了蔬果預備排隊付錢時，只見他仍在滿場亂轉，推車趕了去問他：「找什麼呢？」

「魚頭。」

「魚頭？蔬果市場又不賣海鮮，怎會有魚頭？」

「神經病！誰要海鮮啊？我在找魚頭，圓圓的煮湯的魚頭。」心想難不成真有不是海鮮的魚頭？忽然他一聲驚呼：「找到啦！」抬眼一看，天呀！這不就是芋（音「玉」）頭嗎？

出外旅遊，于輔又自有他異於常人的所見所聞。一次全俄州旅遊，茵絲伍德花園內繁花似錦，綠樹成蔭，木棧道與周圍林木渾然天成。當眾人怡然自得漫步其間時，他看的不是花草樹木，而是步道木料的保養狀況。

「這一段是原來蓋的，那一段是新造的；這裡是新舊接縫的地方。」

「這一段木頭上過漆，那一段沒有，顏色明顯不同。」

「這椅子底下都是松鼠咬過的痕跡。」

轉入另一園區，他首先發現許多樹上都有藤蔓纏繞要眾人留意，放眼望去果然是藤纏樹來樹纏藤，俞馥暗忖他大概也有著生死相依的感觸。不料他嘴裡冒出來的卻是：「嘿！像不像小學老師打人用的藤條？」接著津津樂道不同老師用過的各式藤條。

次日午後搭乘老舊的觀光火車，其實除了懷舊並無真正的美景可看，陣陣涼風吹得人昏昏欲睡，他更是一路打瞌睡到底。回程時他居然高談闊論：「駕駛員說這裡原來是煤礦區，挖煤工人一天有三十三分錢的工錢和四小杯威士忌。」

「為什麼要給威士忌？」

「防內急。」

「喝了威士忌就不用上廁所？」

「你腦筋有問題啊？防止生瘧疾病和上廁所有什麼關係？」

每當行經小鎮通過橋樑時，他無視於小橋流水人家的景致，只管研究這橋是木造的、鋼鑄的、鐵打的還是水泥灌的？這橋能不能上舉讓船通過？能讓多大的船通過？當她正沉醉於夕照美景時，他會一本正經地告訴她左邊那一片是風力發電，右邊的電纜裝置具有避震效果，所謂的殺風景莫過於此。

于輔年輕時曾管理過數百人的工廠多年，設計過很多的生產線，卻管理不好自己那小小的車房。一面牆上掛滿了大剪小鏟、長短掃把、各式鋸子及許多不知名的工具，另一面牆上自己釘了許多木架，塞滿了不同尺寸大小的工具箱、零件盒及瓶瓶罐罐的機油、清潔劑、抹布、工作手套和畸零的螺絲起子、刮刀、鑽子、油漆刷子。有窗的那面牆無法釘東西，便在窗下堆滿了長短木材。其餘地上堆有剪草機、鏟雪機、烤肉架、電線圈、鐵絲網捲、水桶、油漆桶、工作檯、鑽床等不一而足。天花板上則倒掛著兒女小時候騎過的腳踏車。

這車房的凌亂樣兒怕是職業小偷也找不著門路，更不要說自己了！不出所料，每次幹活前他必定一會兒找不著鐵錘，一會兒找不著釘子，一會兒找不著皮尺，樓上樓下滿屋子亂轉，然後出門再買一個回來。家裡不知有多少盒大小粗細長短不等的螺絲、釘子，可能他這輩子都用不完。

她最後悔的便是沒在結婚前學會開車。為了安全起見，他買了一輛老大笨重的二手LTD讓她開。坐在駕駛座裡她常常搞不清楚車頭、車尾有多長，停車、倒車時難免窘相百出。他只會一個勁地「左轉小半圈、右轉四分之一圈」，「前進一點、退後一點」，「車輪打直一點」，「往左一點、靠右一點」，白癡似地被他指揮得團團轉還不能問為什麼。

路考當天，她一上車往後一倒車，便撞上了後面的短牆，當場被路考官趕了下來。隔著整個停車場，她都能聽到他跳腳罵人的聲音。

到了兒子考駕照的時候，兒子記取她慘痛的教訓，堅持不讓他教開車，而是到駕駛學校花錢學車。於是他轉向女兒甜言蜜語，唯恐女兒跟兒子一樣不讓他教開車。教女兒開車期間他陪盡了笑臉，道盡了小心，女兒卻三不五時地翻臉走人。真是十年河東、十年河西啊！

學商的她從無理財概念，婚後學工的他就掌握了家中經濟大權。每次華人餐會時，只見他口沫橫飛和眾人大談股票、金融、經濟。不熟的人都以為他得意股場，只有她知道連算術都算不好的他只賠不賺。

六月下旬天氣突然暴熱，剛好超市有短褲減價銷售（第一條美金六點九九，第二條零點七五），她便挑了四條同款不同色的短褲，由他付款。回家以後，登記帳簿時他說電腦算錯了帳，急匆匆地跑回超市理論，不一會便灰不溜丟地回來。她拾起收據一看便明白了。但凡寫過程式的人都知道，一個產品只能有一個單價，電腦不會像他想的依序打上實收數字：六點九九、零點七五、六點九九、零點七五，而是原價減折扣的寫法：

6.99、（6.99-6.24=0.75）、6.99、（6.99-6.24=0.75）。

由外州看望兒子回來，走出機場已近午夜，不便打攪親朋接機，便叫了計程車。車資美金四十五元，他唯恐她不付小費搶著說：「付他六十元。」

「你有沒有搞錯？坐計程車要給三分之一的小費？」

不顧她臉色難看，他塞了五十五元在司機手中。

一進門她怒不可遏地說道：「就算你不會算四十五的百分之十五是多少，你也該知道五十的百分之十五是七點五吧？為什麼要我付他六十？」

「叫什麼叫？多給幾塊錢不行嗎？平日浪費的錢也不止這些！」

浪費？一路上吃的不是McDonald便是Burger King，連在回程的飛機上也是兩人共吃一個八元的三明治，竟然還擔上了浪費之名？

她心有不甘正想反駁，他「啪」的一聲打亮了客廳的大燈，不僅照亮了牆上公婆的合影，更照亮了她的心思。原來他是在心疼終生以司機為業的父親而非擺闊！

對吃，于輔向來不挑剔亦不在意。一天黃昏有人按鈴，他應門後，匆忙進來拿錢後便捧著一盒東西回來。知道他素來對上門的推銷員來者不拒，她正想開罵，他手一揚搶先一步笑嘻嘻地說：「是白巧克力餅乾。」

一聽是她喜歡吃的白巧克力餅乾，只好改口道：「待會吃完飯當甜點吧！」不料未及等她炒完菜，他已一塊下肚，然後大叫一聲：「唉喲！」衝進廁所。等她拿起盒子一看，幾乎笑出了眼淚，原來他買的是一盒未經烘焙的冷凍麵團。

三年前回台省親，親友在高級飯店為他設宴洗塵。前菜有一碟金黃色薄片的冷盤，他如見故人般嘆道：「想不到現在番薯籤也能上酒席了！」親友啞然失笑：「于輔啊！你真是出國太久了！這是烏魚子，不是不值錢的番薯籤啊！」

月前友人在餐廳過生日，于輔右手邊豎著一個彩色的廣告牌。友人問他那是什麼廣告，不懂日文的他瞄了一眼，肯定地說：「那是日本麻吉啦！」俞馥心下狐疑：「麻吉不都是圓的嗎，怎麼廣告上的麻吉是整齊的四方塊，而且粉紅中泛著白絲？」去過日本旅遊的友人好奇細看後哈哈大笑：「老兄！這是有名的日本神戶牛排，不是麻吉！」眾人笑翻了天，于輔則面不紅、氣不喘地笑道：「有這麼好笑嗎？我不過是錯把牛排當麻吉！」

（二〇一二年十一月十二日至十四日發表於《世界日報》小說世界）

再生的百合

天剛濛濛亮，一夜無眠的她瞥了眼熟睡中的偉達便悄然翻身下床。當她從天窗上看到外面的橘紅晨曦時，心裡充滿了喜悅與感恩。然後躡手躡腳地進了隔壁百合的房間，躺在粉紅公主式臥床上的她正摟著心愛的泰迪熊睡得香甜，兩排又長又翹的睫毛輕微顫抖著，圓鼓鼓的腮幫子仍像嬰兒時紅潤如蘋果，讓她忍不住想要親上一口，但怕驚醒了她便轉身進了小偉的房間，書桌、床頭櫃上滿是他心愛的「禮高」作品，除了妹妹別人輕易碰不得，想到他對妹妹的萬般愛護便覺窩心。

確定了一雙兒女皆安然無恙後，她這才安心地下樓按鈕拉開了樓下的百葉窗，白花花的陽光一下子便照亮了寬敞挑高的大廳和開放式的廚房，觸目皆是的百合飄散著淡淡的幽香，一片純白在晨光中顯得格外的聖潔清新。

她拿出愛鳳，再次查看了行事曆，彩色生日汽球、冰淇淋蛋糕、批薩、送給小朋友的禮物袋、到府外燴等都早已預訂妥當，到時自有專人負責送達，所有邀請賓客業已回覆出席，眼下沒有什麼可讓她操心的事，待會只要將她心愛的小公主打扮漂亮就可以等著賀客上門，一同慶祝她的三歲生日了。這是百合的大日子也是她心頭最重要的一件大事，一定要辦得盡善盡美。

燒上一壺咖啡後，她坐在廚房高腳椅上等著，眼睛閒閒打量著室內裝潢，心裡卻不禁悲喜交集。

這棟新房子內的所有陳設家具都是她自己精心設計挑選的，沒有台階滑坡也沒有拐彎抹角的隱密處，更沒有尖銳的稜角凸起物，即連樓梯扶手和櫥櫃邊緣都是特別打磨圓滑的。室內沒有任何懸垂之物，所有百葉窗均採用特別的滑輪設計以按鈕操縱，絕對不容許任何拉繩的存在。

一想到拉繩她就無可救藥地想起與她母女緣淺的小萍，和那段撕心裂肺的日子。

那年小萍剛過完兩歲生日，偉達得到了C城一家著名醫院的研究獎學金，崇高的院譽、先進的設備和堅強的團隊陣容，是每一位腦神經外科醫學生夢寐以求的晉身之階，他自然心動，但一想到她便有些猶豫不決，因為雖同為醫生，她專攻的耳鼻喉科調職不易，況且她不久前才剛成為住院醫生，不能為了他而犧牲了她的前途。

考慮再三他決定隻身前往就職，做個空中飛人好兼顧家庭和兩人的事業。她捨不得他一人受苦，更不願兩地分離，禱告掙扎了許久，決定辭職離開溫暖的故鄉H市隨他前往C城。

由於他們在C城沒有任何親友，一時沒有安身的地方，他不得不一人先行，等他安頓好了住處，她才隨後開車帶著兒女前來團聚。

他們抵達公寓時託運的家具雜物已早他們一步送到，許多紙箱尚未開封暫堆在過道和客廳裡，等著她來處理歸位。當晚她和兒女睡在他們的雙人床上，他則在地鋪上將就了一夜。

這三房一廳的合作公寓面積雖然不是很大，但連地下室上下共有三層，又是邊間，只有一面牆壁和鄰居共用，較往日租住的公寓隱密安靜多了。相連的客廳和廚房各有一扇落地門，面對著一個人工池塘，雖是晚秋時節尚有許多大雁和野鴨在此棲息。

兩個孩子對這截然不同的北部新環境充滿了好奇，興奮得樓上樓下奔跑著。不久，小萍發現了窗外的大雁和野鴨更是興奮得嘰喳不停，為了看得更清楚，她要求媽媽拉開了百葉窗，也因此知道了如何開關百葉窗。

當時爸爸獨個在樓上臥室安裝兒女的床鋪，媽媽在廚房忙著擦洗，兄妹倆便貼在客廳的落地門上數鴨子。妹妹年紀小還不太會數數，數了一會便不數了，一旁逕自玩起百葉窗的拉繩並學著媽媽上下開闔，覺得塑膠葉片相互碰撞的刷刷聲有趣極了。哥哥見了也想要玩，但妹妹不鬆手，兩人便就著百葉窗簾玩起捉迷藏來了。

聽到兩人的笑鬧聲她探頭看了看，叫兩人好生玩著別吵架、打架的，然後便將一些雜物拿到地下室去放。還不到三分鐘的時間，忽然聽到兒子驚恐地哭叫：「媽媽快來，妹妹她不好了！」她和偉達同時衝到了客廳，只見小萍細繩纏頸，面色青紫，哥哥拚命地想要替妹妹解開繩子，結果卻是愈幫愈忙。

偉達飛快地剪斷了繩子，她放平了女兒，瘋狂地做起人工急救，他則冷靜地抱著兒子撥了九一一急救電話。等救護車趕到，人已沒救了。但她不放棄，堅持送醫。到達急診室後，值班醫生還是不能不對她說抱歉。

她抱著小萍淚如雨下，聲嘶力竭地問身旁的偉達：「怎麼會這樣呢？怎麼會這樣呢？你告訴我小萍沒有死，她還活著對不對？說啊！這不是真的。你和我都是醫生怎麼可能連自己的女兒都救不了？我知道她沒有死，她才兩歲啊！我們來替她禱告，主會救她的……」他的心何嘗不是碎成千萬片？但此時他不能不強忍悲痛來安撫傷心欲絕的妻子和受驚過度的兒子，還要回答警察的提問和做筆錄。

急診室的工作人員同情他們的遭遇，便沒有打擾他們，讓他們繼續留在病房內。她哭了一遍又一遍，直到小萍的屍體完全僵硬，她這才恢復了做醫生的本能，將小萍放回病床上，但還是不忍心讓小萍獨自去到冰冷的太平間。

等天完全黑了，小偉怯怯地向爸爸說他餓了，她這才想起小萍還沒來得及吃中飯和穿鞋就這樣餓肚赤腳地走了，眼淚不覺又嘩啦嘩啦地流下。待淚水止住，她牽起小偉的手要他和妹妹說再見。四歲的孩子不懂什麼叫死亡，頻頻追問：「妹妹到底是怎麼了呢？妹妹為什麼不會動也不說話？妹妹什麼時候才能回家？」可謂一字一刀，將她的心千刀萬剮，血流不止。

走進醫院自助餐廳，她一眼便看到了牆角的幼兒高椅，本能地想要伸手去推，及至看到空著的左手，突然意識到再也不需要幼兒高椅更永遠牽不到小萍胖胖的小手了，她的心驀地揪成一團，一口東西都無法下咽。

坐進她的休旅車，面對那張空著的安全椅，她眼眶一濕再度落淚。等進了家門，小萍的那雙粉紅球鞋赫然入目，一時如萬箭穿心，她捧起那雙小鞋哭倒在玄關地上。

那雙鞋是小萍過兩歲生日時買的，鞋面閃閃發亮，鞋跟有螢光裝置，在暗處或走動時會自動發光，小萍見了開心得不得了，常拉著她的手到暗處踢踏要她看那閃亮的螢光。如今鞋在人亡，她除了傷痛、自責和悔恨外，更多的是「為什麼」！

偉達的父母於退休後返台養老，不堪白髮人送黑髮人的悲傷決定不來參加喪禮，要他們自己節哀保重。她的父母則於次日傍晚風塵僕僕地趕到，母女見面情不自禁地相擁而泣。

在她就讀醫學院的最後一年，課業、考試兩忙卻發現意外懷孕，一時打亂了原先的生涯規畫。母親不忍她為課業、家庭兩頭掙扎，提早退休替她帶孩子，小萍即是她一手帶大的，祖孫感情非常深厚。誰知這次搬家竟成永訣，外婆的傷痛原不亞於她，但看到她的不吃不睡和終日心神恍惚，做母親的難免憂心不已。

母親年輕時有慣性流產的毛病，直到三十好幾才千難萬難地生下了她這個獨生女，兩夫妻真是把她捧在手掌心裡過日子，而她也確實惹人疼愛，集聰明、美麗、溫柔、善良於一身，求學、成長過程從未讓他們操過心，和偉達珠聯璧合的婚姻更是人人稱羨。

由於兩人將來的前途未定，遭此劇變，C城已不可能成為久居之地，不好將小萍獨自葬在此處，可是她又無法接受孩子火化的意見，母親遂建議不如將小萍帶回H市安葬，將來也好和他們兩老作伴。心亂如麻的她只想趕快離開這個傷心之地，便答應了母親的要求。葬禮過後，她的心神狀態皆不適合回去上班，便帶著小偉留在娘家調養。

自她婚後，母親仍然保留了她原來的房間，而在那間最大的客房加放了雙人床以便小兩口回來時住。為了維持兒子單睡的習慣，她決定住回自己婚前的房間，而讓兒子睡在最小的那間客房裡。

房間內一切陳設照舊，牆上還貼著她瘋狂著迷過的偶像合唱團海報，桌上擺滿了她和死黨們的合照，書架上完整保留了她的童話書、琴譜、系列小說和教科書，她所有的少女夢想在此都有跡可循，最讓她訝異的是她從小到大穿過的芭蕾舞衣，仍一件一件地掛在壁櫥內。

對著芭蕾舞衣她癡癡地看了許久，每一次彩排和公演的情景均歷歷如在目前，然而她要帶小萍學芭蕾舞的心願卻永遠落空了。淚水不禁模糊了雙眼，跌坐在單人床上。不經意間看見床頭櫃上的黑皮燙金《聖經》，那是她少女時每晚必讀的。她隨手翻開了《聖經》，裡面記著密密麻麻的心得註解和畫著許多醒目的黃線，不禁訝異自己曾經那樣認真地讀經，更從未懷疑過神的信實和慈愛。可是，現在她不禁吶喊：「神啊！你到底在哪裡？」

面對許多熟悉喜愛的金句，非但沒有一句安慰得了她的心，反而在心底一字一句地和神爭辯起來。既然「耶和華要保護你，免受一切的災害，他要保護你的性命。你出你入，耶和華要保護你，從今時直到永遠」，為什麼還會發生這次的意外？如果說「他未嘗留下一樣好處、不給那些行動正直的人」，為什麼悲劇就偏偏發生在她的身上？

無數的「為什麼」不禁讓她想起了受苦受難的約伯，開始仔細閱讀《約伯記》。約伯是一個敬虔而富有的人，有七個兒子和三個女兒並數以千計的牛、羊、駱駝及許多的僕婢。由於他是個正直的完全人深得耶和華的歡心，引起了撒但的不滿和攻擊，於是耶和華允許撒但在不傷害他性命的前提下試煉他。就此約伯遭受了莫名其妙的空前浩劫。

先是牛、羊、駱駝突然被搶劫一空，所有僕人亦全被殺光只留一人報信給他，接著房屋倒塌壓死了所有兒女。然而撒但並未就此罷手，還讓他從頭到腳長滿了毒瘡，不單眾人皆離他而去，即連他的妻子亦信心動搖，勸他棄掉神死了吧。當他孤身坐在爐灰之中時，三位好友非但沒有安慰他的不幸，反而責難他是犯了罪而遭到報應，一味地要求他認罪悔改。但約伯始終沒有埋怨神，更沒有懷疑過神的信實和公義，只一再要求與耶和華親自對話以證明自己的無辜。

最後耶和華在旋風中顯現，但他並沒有直接回答約伯的「為什麼」，只以他所創造的天地萬物相詰。他能不能造天地海洋和定日月星辰？他能不能讓野牛服事於他和控制鷹雀的行蹤？他能不能與河馬和鱷魚較力？他只能回答耶和華說：「我知道你萬事都能作，你的旨意不能攔阻。」「我從前風聞有你，現在親眼看見你。因此我厭惡自己，在塵土和爐灰中懊悔。」這句話她曾用黃筆重重地勾畫，可見當時感動之深。

還記得研討此卷書時，年少輕狂的他們都將注意力擺在約伯和三位友人的問答上，爭辯到底誰是誰非？然而此刻她不再在乎誰是誰非，對約伯重新擁有財富和兒女的結局也不再覺得有意義。反覆思想的是當約伯聽到兒女喪命的消息時，怎麼能夠如此冷靜地說「賞賜的是耶和華，收取的也是耶和華，耶和華的名是應當稱頌的」？

其實，不單是她有一肚子的疑問，小偉又何嘗不是？首先他就不明白那條拉繩怎麼會纏住了妹妹的脖子？為什麼他就是打不開那繩子？為什麼妹妹的樣子會變得那麼可怕？為什麼妹妹會被放在木盒子裡頭又埋在土裡？為什麼只有他和媽媽住在外公外婆家？為什麼爸爸和妹妹都不見了？是不是他不乖爸爸不喜歡他了？媽媽又為什麼每天哭？妹妹還會不會再回來？雖然外公和外婆都對他很好，可是他們怎麼都不說不笑還經常嘆氣，也不像從前那樣陪他玩？還有，為什麼不管他問什麼他們總是說他還小不懂，等他將來長大了就會懂？

每隔三兩天從小看著她長大的牧師夫婦便會來看望她和小偉，師母總是帶來親手做的糕點和一兩件小玩意兒給小偉玩。師母話不多，常是緊緊地擁抱她和她靜坐，陪她掉眼淚。牧師則親切地和小偉說話和陪他玩。他們既沒有引經據典地說教，也沒有聲淚俱下地替她大聲禱告，只是慈愛地問她能不能為他們伴奏合唱幾首聖詩？

她曾為少年主日崇拜鋼琴伴奏多年，更喜歡自彈自唱，她不便推卻只好找出琴譜打開了塵封已久的鋼琴，其實像〈奇異恩典〉、〈主是我萬有〉和〈我知誰掌管明天〉這些聖詩她都能倒背如流的。

奇妙的是，每當琴聲、歌聲響起，彷彿有一道暖流自心上流過，那座心裡的萬仞冰山似乎也響起了極其輕微的裂冰之聲。一日牧師夫婦正欲道別時，她忽然有著無可言說的感動自彈自唱起了〈這世界非我家〉，唱至「天門為我大開，天使呼召迎迓」這句時，好像看到小萍在天上對著她微笑，一顆眼淚悄然順頰流下，心裡卻有如釋重負之感。那夜她自出事以來第一次闔眼睡了一個好覺，夢中一家四口在一處非常美麗的地方遊玩。

感恩節時偉達飛來和他們團聚，她帶著小偉前往接機。當她第一眼看到偉達時，幾乎不敢相信意氣風發的他會憔悴至此？心下一酸，愧疚自己陷在喪女之痛中無法自拔，完全忘了為人妻、為人母的責任，竟留他一人在C城獨自面對傷痛和工作的壓力。偏偏此時小偉冒出了一句：「爸爸！妹妹呢？」這句話如利刃般刺向了兩人的心窩。是該向小偉說明的時候了，雖然不能讓他明白何謂死亡，至少也要讓他知道妹妹已經去了天堂，他們將來還會在天堂再見的。

母親雖然竭力營造過節的歡樂氣氛，她的心卻怎麼也歡樂不起來。週日早上送走了偉達，她獨自坐在窗前發呆。母親牽著小偉的手往菜園走去，這樣的畫面再熟悉不過了，只是母親的步履怎麼如此蹣跚？小偉也不像往日般一蹦一跳的？難道都是因為後面沒有小萍追趕的緣故？這樣一想，又有想哭的感覺。

忽然看到一隻蝴蝶在窗下飛舞，原來花叢中還有幾朵殘餘的黃菊。偉達說C城已經開始下雪，而此地卻還能看到蝴蝶，真是奇妙啊！望著飛舞的蝴蝶出神許久，她想起了小時候父母帶她看過的蝶化過程，不管是吐絲成蛹或是破蛹而出，均不能假借外力，而須獨自掙扎奮鬥才能展翅而飛。驀然驚覺人生又何嘗不是如此？如果她自己不奮力走出傷痛，就沒有人能幫得了她。她已失去了小萍，不能再失去小偉，況且她還有義務給小偉一個完整的童年。於是她婉謝了父母的慰留，在聖誕節前帶著小偉回到了傷心的C城。

怕她觸景傷情，偉達賠了違約金，退掉了出事的合作公寓，搬到醫院附近的公寓大樓居住。雖同是三房一廳，但因位於同一層樓面，活動範圍便顯得寬敞些。

小偉進了學前幼兒班，有了新的玩伴，慢慢恢復了先前的天真活潑。她也在幾個月後重新當上了住院醫生，時間和忙碌成了最好的療傷劑，更因行過死蔭幽谷，對生死有了全新的體驗，明白人的軟弱和有限，也愈發尊重她的專業，希望能發揮愛心為病患服務。

待兩人都成為正式醫生後，他們有著共同的感動，婉謝了加州的高薪、高職，雙雙接下了H市一間教會醫院的聘書，因為那兒有愛他們的父母還有他們所愛的小萍。

這幾年來他們沒有討論過再生育的事，但也沒有刻意避孕，萬沒料到回到H市不久她竟然懷孕了。這時她已到了母親生她的年紀，算是高齡產婦了，有些人便勸他們不要冒險生孩子了，但她認為這是神賜給她的意外禮物，她一定要生下這個孩子。約伯不是說過「賞賜的是耶和華，收取的也是耶和華」？神以前既然能將小萍收回，難道現在就不能再賜給她一個孩子嗎？

為了給孩子一個安全的生長環境，他們買下了現在的這棟新房子，由於經濟能力較從前好得太多，而她的懷孕過程又出乎意料地順利，才有足夠的金錢、精力裝潢新居。窗簾拉繩是她最大的忌諱，花了許多時間和設計師討論溝通才定了案。

次年復活節那天她生下了第二個女兒，雖然照超音波時早已知道是女的，但當她親眼看到女兒的剎那，仍然激動地流下了感恩的淚水，不敢相信神真的又賜給了她一個女兒。由於時值復活節，親友紛紛送來了百合花，於是她將女兒的中英文名字都喚做「百合」。

此時她既沒有金錢壓力，更不放心將百合交給保母照顧，產假滿後毅然辭職在家專心帶孩子。小偉也非常高興他又有了一位妹妹，覺得她像洋娃娃般可愛極了，不時地親她、抱她並搶著餵她喝奶，所有好吃、好玩的東西他都要留下一份給妹妹。

她用相機和筆電記錄了百合所有的一顰一笑，看著她會哭、會笑、會坐、會爬、會走、會說，她好像見證著神蹟般興奮感動。等百合會走以後，小偉更是時刻盯著她，生怕她摔著了、碰著了。最不可思議的是百合愈長愈像小萍，也一樣地喜歡泰迪熊，連左腿上的一顆黑痣都生得一模一樣。

只是她心中尚有一道陰影未除。百合的滿月、週歲和兩歲生日，她都沒有宴客慶祝，只和父母一起靜靜度過，因為她怕遭天妒，這一切的美好就會轉眼成空。直到今天是百合的三歲生日，她才放下心來，神並沒有斤斤計較於她的信心軟弱，也沒有叫她受試探過於她所能受的。這再生的百合帶給她無限的安慰，也該是她再度破蛹而出的時候了。

北美華文作家系列16　PG1103

流不斷的綠水悠悠
——大邱文集

作　　者／大　邱
責任編輯／蔡曉雯
圖文排版／楊家齊
封面設計／秦禎翊

發 行 人／宋政坤
法律顧問／毛國樑　律師
出版發行／秀威資訊科技股份有限公司
114台北市內湖區瑞光路76巷65號1樓
電話：+886-2-2796-3638　傳真：+886-2-2796-1377
http://www.showwe.com.tw
劃撥帳號／19563868　戶名：秀威資訊科技股份有限公司
讀者服務信箱：service@showwe.com.tw
展售門市／國家書店（松江門市）
104台北市中山區松江路209號1樓
電話：+886-2-2518-0207　傳真：+886-2-2518-0778
網路訂購／秀威網路書店：http://www.bodbooks.com.tw
國家網路書店：http://www.govbooks.com.tw

2013年12月　BOD一版
定價：360元

國家圖書館出版品預行編目

流不斷的綠水悠悠 : 大邱文集 / 大邱著. -- 一版. -- 臺北
市 : 秀威資訊科技, 2013.12
面 ;　公分. -- (北美華文作家系列 ; PG1103)
BOD版
ISBN 978-986-326-214-5(平裝)

855　　102024090

讀者回函卡

感謝您購買本書，為提升服務品質，請填妥以下資料，將讀者回函卡直接寄回或傳真本公司，收到您的寶貴意見後，我們會收藏記錄及檢討，謝謝！如您需要了解本公司最新出版書目、購書優惠或企劃活動，歡迎您上網查詢或下載相關資料：http:// www.showwe.com.tw

您購買的書名：____________________

出生日期：________年________月________日

學歷：□高中（含）以下　□大專　□研究所（含）以上

職業：□製造業　□金融業　□資訊業　□軍警　□傳播業　□自由業

□服務業　□公務員　□教職　□學生　□家管　□其它_____

購書地點：□網路書店　□實體書店　□書展　□郵購　□贈閱　□其他

您從何得知本書的消息？

□網路書店　□實體書店　□網路搜尋　□電子報　□書訊　□雜誌

□傳播媒體　□親友推薦　□網站推薦　□部落格　□其他__________

您對本書的評價：（請填代號　1.非常滿意　2.滿意　3.尚可　4.再改進）

封面設計____　版面編排____　內容____　文／譯筆____　價格____

讀完書後您覺得：

□很有收穫　□有收穫　□收穫不多　□沒收穫

對我們的建議：____________________

____

____

____

請貼
郵票

11466
台北市内湖區瑞光路 76 巷 65 號 1 樓
秀威資訊科技股份有限公司 收
BOD 數位出版事業部

（請沿線對折寄回，謝謝！）

姓　　名：＿＿＿＿＿＿＿＿　年齡：＿＿＿＿　性別：□女　□男

郵遞區號：□□□□□

地　　址：＿＿＿＿＿＿＿＿＿＿＿＿＿＿＿＿

聯絡電話：(日)＿＿＿＿＿＿＿＿(夜)＿＿＿＿＿＿＿＿

E-mail：＿＿＿＿＿＿＿＿＿＿＿＿＿＿＿＿